朱天心作品

我記得⋯

三三書坊

我記得…

作　　者／朱　天　心
發 行 人／朱　天　文
出　　版／三三書坊
臺北市辛亥路四段 101 巷 23 弄 25 號
電話(02)932-1832
登記政局版臺業字第 1941 號

發　　行／遠流出版事業股份有限公司
臺北市 10714 汀州路 782 號七樓之 5
郵撥／0189456-1　電話／392-3707
傳眞號碼／341-0760
登記證局版臺業字第 1295 號
法律顧問／王秀哲律師
嘉義市忠義街 178 號　電話／(05)227-3193

排　　版／正豐電腦排版有限公司
臺北市仁愛路四段 35 巷 7 弄 1 號 2 樓
印　　刷／優文印刷有限公司
臺北縣土城鄉永豐路 195 巷 29 號
電話／262-2379
□ 1989(民 78)年 7 月 15 日　初版一刷

售價 100 元(缺頁或破損的書，請寄回更換)

ISBN 957-9528-01-2

香港出版者：八大出版集團有限公司
香港銅鑼灣希愼道 2-4 號蟾宮大廈 208-210 室
TEL：5-8909811
FAX：5-8954137

目次

〔序〕時不移事不往

讀朱天心的新書《我記得…》

詹宏志

1. 藍色時期

是的，我記得，這些小說，我原都是讀過的。它們之中，有的參加了時報文學獎，我在評選工作時就推推敲敲地熟讀了。——第一次，我在彌封的稿件中沒認出她，因爲她正在變，第二次，我就猜到了。——其他幾篇小說，則是在報紙副刊上與它們匆匆相逢，或詳或略地讀了。只有〈佛滅〉一篇我是先於發表讀得原文，其他我也都還記得。

但當這些小說擺在一起，成爲我必須重新來過的功課時，我卻看到不一樣的東西。——我已經不只一次感覺到「部分閱讀」與「全部閱讀」的不同，可見社會科學的「巨觀」與「

微觀」，「長期」與「短期」，眞是有用的對照概念；當我們焦距不同，就看得如此不同。

讀單篇小說時，我依稀感覺到朱天心「變」了，但究竟轉向何方，變成什麼樣的異型，卻沒有什麼概念。等到讀若干篇小說時，一個創作家同時期的關心，某一階段的思想與人格，就給我們一個圖象了。

新書結集時，我們就發現除了〈淡水最後列車〉之外，其他小說都流露相似的特質。——什麼特質呢？我們等一下再說。——在發表時間上也顯示這樣的斷裂，〈淡水最後列車〉發表於一九八四年十二月，然後朱天心就消失了兩年半，一直要等到八七年六月，她才有〈我記得…〉面世，連同其他五篇我認爲有相同特質的，也都在兩年之內密集地出現。

在時序上，性格上，〈淡水最後列車〉看起來都是個孤兒，我有點相信，它是朱天心「上一個時期」的殘留作品，它好像是收在「玫瑰時期」畫冊中的「藍色時期」作品。

如果這是一個朱天心「分期」的辦法，取做書名的〈我記得…〉的確有她自己的里程碑的味道。如果要觀察這一個新時期朱天心作品的特色，不如就針對書中的晚近六篇作品來看。

2. 浮世之繪

在朱天心的一本小說集《昨日當我年輕時》裡，爲她寫序的謝材俊說：「即使是寫，也要寫的民國這一代的歷史。」這個大口氣與當日年輕的朱天心的「荷塘微波」並列一起，顯得有點「輕薄」。不料，《我記得…》諸文一出，謝材俊的話倒像是「預告」了。

新時期的朱天心，似乎是放棄了她對「人性數學」的推演想像，改用田園調查式的社會觀察。其結果，人的社會果眞比一切想像更不可想像，此一切的荒謬更加突梯。

在這些看起來像是「重寫社會新聞」的各篇小說中，有四篇大體上關心的是「政治生活的分裂性格」，每篇至少都隱藏一個以上的矛盾。〈我記得…〉裡，叙事者逐步感覺到，政治理想的激情與空虛，相對於眞實生活的逃避與平凡，似是不可相容的。在〈十日談〉裡，一場選舉運動中，所有介入者都有兩面：紅猴對運動的熱情與對政治的無知相映成趣；七十八歲的陳昌熱烈描述二二八事變的政治迫害，卻不知如何描繪他的時代的理想與風采；政治系學生黃書婷在實際觀察裡感覺到理論的空遠，自己的知識也不如上廸斯可舞廳實在；中產階級的許敏輝則在日益腐蝕的物質生活中永遠無法完成心中政治的辯論。〈新黨十九日〉裡，一位平凡的家庭主婦在股市崩潰時接受了一場政治洗禮。〈佛滅〉則描寫著一個反對運動偶像的生活與言論的尷尬分裂。

這些小說集合起來，當然是一幅政治生活的浮世繪，從紅塵諸相中透露了高貴與卑微、奉獻與自私、理念與家常等的對比與亙古矛盾。事實上，我認為小說家正企圖以政治生活來解釋人生的歧義性，政治活動喜歡強調「旗幟鮮明」，相對於曖昧的、混淆的眞實人生，不得不顯得有點愚不可及（不然就是天大的謊言）。

然而，由於小說家刻意求眞的寫實手法，或者極度追尋角色設計的代表性，使得這一組小說對今日台灣社會面貌有一種強烈的描述功能，它們眞的某個角度應驗了謝材俊的話，寫成了「某一個時期台灣的社會心態史」。

3.見佛滅佛

《我記得⋯⋯》書中利用到政治生活背景的四篇小說，大體上對政治運動理想的眞實性都有點質疑的。參與政治活動的熱情被寫成和情慾一樣（紅猴就說：「那款爽快，伊娘咧眞正只有和阿珠在床上才比得過。」）；政治理想被寫成空虛的、多餘的（〈我記得……〉）；政治抗議活動有時候純屬自私的利益勾結（〈新黨十九日〉）；神聖的政治運動偶像翻過面來就不堪聞問（〈佛滅〉）。

這樣的寫作角度是否有保守性和反動性呢？好在作者可不是那麼單純地處理這些題材，也幸虧小說家尋人生之眞時不必站在什麼黨派立場。我們只問，這些小說是否眞的以它的存在促使我們反省既有的想法呢？這些小說是否描述的細節足以對應我們的認識呢？

事實上，朱天心這些虛構的小說中的創造角色，就不斷讓我想起周圍的親戚、朋友、或敵人來，他們看起來多麼面熟呀！她的小說人物，好像就是某一個或某幾個我們所認識的眞人（但她怎麼認識我那位小學同學呢？），顯然她的角色創造是站得住脚的。

這樣的小說刺激我們反省台灣社會政治運動的虛妄性，在我看也不是負面的。認識眞實面對眞實，恐怕是人所擁有的更崇高的德行。政治生活當中的複雜多元，正讓我們更誠實地看待政治參與這件事。政治生活的醜態眞相並不妨礙政治理想繼續成爲人們的共同追尋，也不能抹煞人世間的確出現過超凡入聖的血肉之軀（如甘地）的事實。相反的，見佛滅佛，正有爲日益神話化的政治運動「除魅」的作用。豈只統治政權的幽靈要加以揭發，其他型式的謊言也不值得掩蓋。

這些「小說在社會裡的功能」的辯護其實與作者、作品無關的，但是這裡卻有一提的必要。

4. 在馬倫巴

相形之下，另兩篇小說〈去年在馬倫巴〉、〈鶴妻〉就顯得別有線索。〈去〉文寫一位經常引誘褻玩女童的租書店老闆，〈鶴〉作寫一位喪妻的丈夫從遺物中重新認識愛妻的經過。這兩篇小說不像另一組政治小說有著明顯的社會線索，〈去年在馬倫巴〉當然也像是社會新聞當中可見的材料，〈鶴妻〉則純粹是個心理劇。但是，我懷疑〈去年在馬倫巴〉會是朱天心下一步發展的邏輯途徑。

〈我記得…〉、〈十日談〉、〈新黨十九日〉、〈佛滅〉四篇，都以極其老練的小說家技藝，準確地描摹出某一個社會剖面。但我在讚嘆之餘，還是覺得若有所失，我猜想，可能因爲小說家醉心於「現象」，忘了「本質」的緣故（這是張系國批評我某本書所說的話）。那四篇小說中，總覺得少了一分「情份」（對人世間的不忍）；然而在〈淡水最後列車〉以前，朱天心即使是寫得「最寒涼」時，也是很有情的，只是這情有點不知人間疾苦罷了。——通過無人間的有情，到了有人間的無情，在〈去年在馬倫巴〉我看到一個結合的可能。〈去〉文既殘酷地處理人間，又對可鄙的主人翁充滿同情，結尾幾乎是把他「超度」了。

從一種帶著願望的邏輯推演，我猜她會走到那條路。到了那境界，一切現象、新聞、社會事實都會沈澱下本質，時不移事不往，當昨日的報紙包今日的魚時，她的小說總要駐足下來。

淡水最後列車

我很早就開始注意到他了……

我之所以這樣強調，是因爲他僅僅只是個老人，一個尋常的老人，既不是任何新的事物，也不是會讓人眼花撩亂的女孩兒。自然，你若以膚淺無知或輕薄這類字眼兒來批評我，我也不怪你，誰叫我才剛過十七歲，唸的又是臺北一家進去便是一輩子斷無前途的破高工，生活裏頭唯一要我稍微操心費神的就是：盡可能的不要晚過家裏會嚕囌的時間回家。但是我不希望你誤會我是那種街頭一撈便成打的小毛頭，血氣方剛好勇鬬狠的事情是國中生幹的勾當，我們早就不屑了。老實說，有太多事，我們已經出乎你意料的看開了，好比說，雖然平日我們不時用三字經做標點符號的罵聯考、罵那些公立高中的跩什麼跩，心底的唯一遺憾其實只是：通不過聯考進不了大學只不過是少掉了一樣追女朋友的利器罷了。僅僅只是這樣！

也譬如有時候我坐很晚的火車回家，那時候往往整節車廂幾乎只有我一個人，我便拿出針筆在塑膠皮椅背上寫下「急徵馬子，電話3087111」。有時手賤起來，一節一節車廂寫過去，把我們班上我記得的幾個人家的電話號碼都寫上。

這樣做並不是我發明的，我們班上其他人就常常這樣做，在公車椅背上、在公共電話亭、在電動玩具店或這類場所等等，有次還寫的是「重金急徵一級棒騷馬子」，電話寫的是我們教官家。你要罵我無聊我絕不反對（事實上這眞是無聊極了！），不管到底有沒有人因爲這樣而交上女朋友，我是絕對不會要這樣的女孩的；當然一方面是因爲我們家沒有電話。但不是如此嗎？好的果子，是要你冒險費力爬上樹摘到的，壞的爛的才會掉在地上任你隨意愛撿不撿是不是？

對不起，我話扯遠了。我不是說我很早就開始注意到他了嗎？這不能怪我窮極無聊，實在是因爲他的模樣舉止太怪異有趣了。是這樣子，不分晴雨冷暖，他永遠穿著一套老舊卻上好質料的西裝，兩手總是當胸緊緊抱著一個牛皮紙袋，就像裏面有多少錢似的寶貝得不得了。每當火車剛進站，他一定不等車上乘客先下便拼老命鑽上去，還管什麼公德心，簡直就在逃難！在月臺上等車時也差不多，他總是驚惶又神秘的四顧著，走走幾步，突的閃身藏在廊柱後，再偷偷探頭窺視著原方向，總之就像是間諜片裏要甩掉人家的跟踪時一樣，只是他的動作拙劣太多，無論如何，我想不只是我，相信坐慣這線火車的其他乘客也都很習慣他的種種行迹了。

至於說我和他的認識的眞正開始，是很幾個月以後的事了。

那天是二號，我記得很淸楚，五月二號星期一，剛過完星期天，絕望的、灰黯的、必須再熬六天才能等到周末的星期一。也因此我無甚氣力在外邊遊蕩的放了學便老實去搭火車回家。才在月臺上，就見他又是那副裝扮的在月臺那頭鬼鬼祟祟的閃躲著，我百般無聊的看了他一會兒，正式斷定他是神經病後，火車正好進站，我便逕自隨今天的心情選了最後一節車廂。你知道，北淡線火車的最後一節永遠是非字型的座位，其他車廂就都是面對面兩長條式的。若是精力過剩的那天，我便選擇坐面對面的，可以很方便的看女孩子。像那一天，我當然縮回我最後一節的老窩去，那眞是一個叫人懶到連煙都可以不必抽的星期一！

然而就在火車剛剛啓動的那一刻，只見他從前個車廂一路跌跌撞撞衝過來，一個順勢倒癱在我旁邊的空位上。嚴格說，他半個人是壓在我身上的，因爲他是神經病，我並不期望他還我一個對不起，我只作勢挪挪身體示意他是如此嚴重的侵犯到我了。不料他反而更爬到我身上，湊著窗口旣興奮又緊張的急喘著氣：「快快！看到了吧！看到沒？還在那裏找我，這次可給我甩掉了！」嘴裏儘管零亂的說著，另外還用力按著我的頭跟他一起看漸漸遠去的月臺。當然，那裏什麼都沒有，至少，我沒有看到任何異樣的人或狀況。

「有沒有⁉有沒有⁉」他還執意的催促我回答。看他眉飛色舞的表情很叫我覺得有趣，便問他：「有什麼東西啊？」他這才打量了我片刻，包括我制服上的名字以及書包上那破高工的校名。半天，他似乎下定決心似的臉色凝重起來，異常認眞的回答：「殺手三號，前面兩個都讓我擺脫掉了。」「殺手三號？殺什麼？」我邊問邊仔細看他，除了神態稍嫌幼稚天眞，眼神倒是非常淸明。他警戒的看看四周，我這也才注意周圍正紛紛撤回的眼光，他特意壓低了聲音湊近我的耳底宣佈著：「我兒子派來殺我的。」

「噢——」我恍然大悟，原來是玩這種偵探遊戲。但是我的反應似乎讓他誤會了，他熱切的抓住我的手，愉悅的說道：「你肯不肯當我的保鑣，我有錢可以付你，你住淡水沒錯吧？」他把懷裏的牛皮紙袋匆匆亮了一亮，我被他古怪有趣的話和動作弄笑了。大概這一笑又叫他誤會了我這是答應他的意思，他也開心的笑起來：「那我們就這樣約定了，黃滿。」

這下我不禁大笑起來，並非我也感染了他的神經病，我的名字叫黃湍，湍大概是個怪字，難怪他老眼昏花下會叫成黃滿這個名字。你知道嗎，這種名字就像是報上地方版上常登的中年呆婦人，有沒有，去市場買菜路上被金光黨三兩下騙個精光的那種呆女人的名字，不好笑嗎？便也罷了，就算殺時間的陪他胡扯一路吧。

沒想到，就那一念之間，「陪他胡扯一路」的那五十分鐘車程，給往後的一段日子帶來了多少事情。

還是先說我們那天的聊天吧。其實只要不聊到他兒子派殺手殺他的那樁事，他似乎非常正常解人意的，使我必須重新估量他的病情。他說他也是淡水人，不過早已離開二三十年了，也幸虧離得早，因爲整個淡水在風水上來看是屬於蜂巢穴，人不離鄉到外地謀發展的話，就會如同一羣瘦馬關在窄欄裏，愈擠愈瘦，更哪有日後那番事業？他隨即說起施記建設，並說董事長施德輝就是要殺他的那個兒子，「我不知道他殺了我有什麼好處，我能留的全都已經給他了，夭壽知道自己不孝，怕我還藏著什麼給老二家……」

施記建設我怎麼不知道，正在我們學校不遠的六十米大道旁蓋鑽石雙星型的十幾層大厦。施董事長偶爾上報，不外是捐款冬令救濟或設清寒獎學金一類的好人好事。我當然不會以貌取人的不相信眼前這窮酸老頭就是施記建設的創始人。但只要一講到殺不殺人的事，不免叫我再次提醒自己是在跟個神經病說話。但撇開這點不談，他的確知道得很多，說起來也極爲有趣，他說施姓在日據時代是淡水有名的大行號，專從福州販福杉運到臺灣買賣，但當時他只是個微寒的小孤兒，攀著同姓的關係得以跑運木船，便大大的形容當年那福州港甚至上海的繁華，「我兒子蓋的那些大樓全差遠了，那種派頭，沒見過的想像不出！」

姓施的在淡水的確很多，我小學四年級時就巧巧碰過任課老師裏有三個同姓施的紀錄，那時候我最要好的一個同學叫施均權，住在重建街，他常常偷騎他大哥的單車到我們家玩。那時爸爸還在，我們住在油車口，可玩的花樣就多啦，江邊的水類把戲玩厭了就到高爾夫球場去。你以爲兩名土小孩可以進那裏啊？錯了，我們從淡專操場旁的一條小路上去，說起那條小路的發現，還多虧那坡上豎了一塊「禁止入內」的警告牌，我們才有跡可尋的。那時候還眞神勇，我們連單車都弄上去，不是今天的捷安特越野車，而是載貨用的又笨又重的老式單車。可是就是在那廣濶綠茵的起伏球場，我們一次摔一次的練會了不少絕技哩。一想起夏天的傍晚那個不肯輕易落去的圓太陽停在相思樹頂上，然後我和施均權一路迎風顚簸的迅速衝往坡谷去，那種刺激快樂，現在想著都要大聲笑出來的。

施均權國中時就搬離重建街，到臺北，後來考上建中，我想夏天過後，他一定上臺大或清大吧。施老頭說的淡水人要離鄉才能有前途倒有些對了。

光說他第一次到上海的見聞就講不完，直到乘客快下光時，我們才同時發覺已經到了終站淡水了。他用充滿了硬骨頭的手背敲了敲我的腿：「打拼些少年的！你們黃家以前也是一樣的大行號，誰不知道大大有名的英商買辦黃東茂！」

「你不下車？」我吃驚了。他搖搖頭，開心的笑起來：「我孫子家家今天不練鋼琴，會早回家。」「你有孫子？」「家家是我大兒子最小的。」他縮縮腳，讓我好出去。

「你們住在一起？你跟大兒子？那個要殺你的！」問完很懊惱，怎麼竟然就這樣信起他了！

「是住一起啊，所以他不好自己下手，要派人，快下車吧。」他邊四顧著邊催我，要回臺北的乘客又都快上滿了，我只好匆匆朝車門走去。

「黃滿！」臨要下車又被他大聲喊住，連名字都給改了還有什麼可說的，我只好回頭應他。他把牛皮紙袋匆匆的舉了舉，隨即迅速收回懷裏藏好，我知道他是提醒我雇我當保鑣的事。我一踏上月臺，正好火車呻吟著啓動，我目送著貼窗口正胡亂揮手的施老頭，匆匆一照面，一錯身，嘴巴笑得那樣大，假牙倒是做得潔白齊整。

那日之後，你猜對了，我果然差不多天天都陪他坐火車，倒不是圖他的錢，事實上，他牛皮紙袋裏住的是隻死老鼠乾饅頭或他老婆年輕時穿的破繡花鞋，我一點都不會吃驚，我只是，只是太無聊了。我不是說以前我都盡可能晚回家嗎，其實那些時間裏我也沒什麼花招可耍，我大部分都是和坐我前面的黑皮到王正杰家看錄影帶，反正從學校到王正杰家的路上有好幾家錄影帶店很方便，王正杰的老子娘又幾乎不回家吃飯，我們便都是到他們家耗。但希望你不至於以爲我們這種年紀一定淨看那些色癆癆的錄影帶，當然一方面是王正杰有個唸輔大的姊姊，整天進進出出很不方便，另一方面，其實我更喜歡看的是日本歌唱綜藝節目，那才讓我覺得有可行性。

可行性，我相信你該懂那意思，簡單說就是這樣，不管那裏面我喜歡的女孩有多紅多富有（AKINA一年就賺幾十億日幣哩！）我都覺得可以娶來做老婆，她們並不是全然遙不可及的，我是說你並不會想到她會不會太漂亮了或語言隔閡什麼的，相反的好比布魯克雪德絲，儘管她是我眞正覺得最漂亮的女孩，可是光一個身高她就比我高上四公分，我目前是一七六，雖說二十歲之前還會長，可是只要她一穿上高跟鞋就怎麼都罩她不住了，更何況把她娶回家，她會肯安分做我老婆嗎？我全沒把握！AKINA就不一樣，我想你知道AKINA就是中森明菜吧，圓臉圓眼睛，嘴巴嫩嫩的，人極乖，卻又沒有藥師丸的那種呆氣，我看也只有黑皮那種小孩氣的人會那樣迷藥師丸了。不過不管怎麼樣，我們都一起看過十來遍的「新里見八犬傳」，黑皮當然是爲了女主角藥師丸。至於我，不瞞你了，我覺得我很像男主角眞田廣之，我們的臉頰都瘦長，顎骨卻又很寬硬，現在想想大約是施老頭說的瘦馬相吧！

——施老頭！對不起，我話又扯遠了，說回施老頭吧。久了，我眞的發現他眞有一點可能是施記董事長的什麼人。至少，他跟有錢人家也一定有些關係，並非是個街頭流浪的半瘋老頭，不然有些有錢人生活的花招一定不是光憑想像可以想得出的。好比他向我抱怨兒子媳婦不讓孫子家家跟他，去年開始送到一所由一家電視公司總經理太太開的幼稚園去，那家幼稚園專收明星和有錢人家的小孩，自然學校裏的各種花費之鉅不用說，光是傭人天天接送家家的計程車費一個月就要上萬！又抱怨媳婦懶笨得不會持家算計，家裏請兩個菲律賓女傭，一個專照管家家，另一個做家事，重些的工作司機還能幫，媳婦自己每個月花大筆錢去健身房賣力的運動，眞是怎麼算的帳，「我帶家家，她做家事，省了幼稚園學費、兩個傭人，還省一筆花錢去賣力流汗莫名其妙的錢！」

他說得那樣憤怒，跟眞的一樣。這種時候，我尤其不要聽到兒子要殺他的事，等於在提醒我不要忘了他根本是個神經病這樁殘忍的事實。我多願意他是個正常健康的老頭。我是說，假使他眞正是一個神經病，我會很難過的。但是我不希望你誤會我是得了他什麼好處才說這種軟話，事實是，就像前面說過的，我本來就沒存過一點想圖他什麼的心思，相反的，倒是我常請他哩，雖然那算不了什麼，我們只是在渡船口吃魚丸湯和打香腸，眞正的鮮事是，我們人手一支的在吃著烤香腸時，他居然指著河對岸告訴我，他年輕時候曾經和人打賭游到對面的八里！反正吹牛不犯法，哪個老人不是都有幾樣怪異有趣的當年勇！可是我這一笑似乎惹惱了他，不惜搬出老婆來，說他老婆當年就是聽了他游過淡水河的傳聞才下決心答應媒人的。

施老頭老婆死了有六七年了，只要一碰到有關他老婆的話題，他都會顯得非常難過的樣子，眼看他神色又快不對，我只好趕快轉移話題：「再說一次蚊子和青蛙鬪法的事吧。」

那眞是非常有趣的一個故事！

除了家家不練琴的日子以外，他並不都是原車回臺北的，他有時拉我一起鎭裏鎭外亂走，看到什麼就講什麼，蚊子青蛙鬪法就是其中之一。自然我得先跟你解釋一下，跟英專路平行的學府路那裏有座鄞山寺（原先我並不知道那個奄奄一息的破廟是叫這名字，雖然我們小學遠足到山丘頂的聖本篤修道院時曾路過那兒）。是這樣，鄞山寺風水上是青蛙穴，廟前大埕上的半月形池子是青蛙嘴，廟後的兩口水井就是兩隻眼睛了，鄞山寺雖然主祀定光古佛，原先卻是汀州同鄉旅臺的會館，不管怎的，香火鼎盛就是了。但是後來出了怪事，只要鄞山寺一祭祀敲鐘，現在淡水戲院瀕河的那一帶違章建築區就會失火，屢試不爽。後來違建居民請了風水師去，風水師說那一區瀕河是蚊子穴，鄞山寺的青蛙當然剋蚊子。在居民們的乞求下，風水師替他們想了個破解法，在河邊立了一根旗竿，意謂釣青蛙，沒想到青蛙穴的風水就此遭破壞，兩口水井中乾濁了一口，成了獨眼蛙，那鄞山寺的香火就因此大衰到現在。

「眞的是這樣？」我每次聽完總忍不住要問一次。

「騙你小孩子!?我親眼見風水師立的旗竿，足有現在五層大樓高！」他每次都是這樣答的。

但是，就在出事的那天晚上，就不同了。

那天是星期天，距我們一道玩黃滿施老頭的遊戲差不多兩星期後，我和黑皮和班上另幾個我沒跟你說過的在王正杰家瘋到晚上十點才走，說瘋，也怪無聊的，他們打麻將我看十幾小時的錄影帶。王正杰輔大的姊姊也下場，你猜對了，甚霉，只有一個女的，鐵的一家吃三家。我也好不到哪裏，居然看到一部眞田廣之有床戲的，而且竟是跟那個專吃嫩草的脫星松坂慶子，總之實在叫人很幹就是了。

幸好我還趕上了十點五十的那最後一班回淡水的火車。火車開動前我及時上了最後一節車廂，昏暗的燈光下——這節車廂連燈都跟別人不一樣，其他節的是亮光光的日光燈——施老頭縮在那個我們常坐的位子上，臉斜偎在窗口不知是不是睡著了。我走近他，或許是火車的晃動驚醒了他吧，他抬起眼來看我，燈光落在臉上，竟是半乾的淚痕哩！老人的眼淚很叫我難爲和棘手。我看看四周，星期天的晚上少掉了夜間部的學生，這節車廂沒有其他人，我問他：「這是最後一班車了，你到淡水幹嘛？等會兒怎麼回？」施老頭雖然常跟我在淡水野，卻從沒有不回臺北夜不歸營的紀錄。

他頭一歪，淚水又補了新貨，你知道，除了說起他死去的老婆，他是從沒有過這種懊喪委屈的樣子，即使說起兒子要殺他的事，也是憤怒多過傷心。我這也才想起來問他：「你今天來來回回坐幾趟了？」

他抬起一隻膀子在臉上橫了一橫，眼淚拭得亂七八糟，隨後比了個七的手勢，另一隻手仍緊抱著那個裝死老鼠的牛皮紙袋。他這副可憐樣很叫我心煩：「那是從中午就開始了啊？你不能怪我，我沒欠你，今天禮拜天，我可沒義務陪你！」愈說愈煩躁，我還眞他的保鑣不成奇怪了！可惱的老人眼淚！

見他緊閉著嘴不肯再說話的樣子，我也懶了，倒斃在他旁邊的位子上，上半個身子倒掛在扶手外，頭懶懶的垂吊在走道中間，有些腦充血的暈眩，卻很舒服，而且只要整列火車不轉彎，我幾乎可以一眼貫穿整列車的走道——前節車廂一雙牛仔褲加樂得球鞋閃入座位裏，那種神秘動作大概是要殺施老頭的兇手吧——又來了又來了！眞可怖，我漸覺得神經病是會傳染的，長久下去我也難保。

說眞的，起先幾回我虛應故事的隨他指來指去看，眞還似乎有人在跟他，只是全不是殺手的造型，至少沒有黑眼鏡風衣或一張遮臉的報紙，只是一個比我們稍大的男孩，牛仔褲球鞋，平常的臉，就像淡大的大學生。是啊怎麼可能是殺手，可是也奇怪哪裏都碰到他，臺北車站月臺上、火車上，幾次鎮裏鎮外也意外的遙遙看到，連上星期有一天去沙崙也看到他，總之只要是和施老頭一起的時候——轟一聲，一股濕腥腥的河風湧進來，車上了圓山鐵橋，我坐直身子不願錯過窗外圓山飯店的夜景。你總也看過吧，所有的燈都大開著，整棟建築就像透明似的浮在半空中，太怪異有趣了。將來假使我有錢（我不知道要到有多少錢的地步），我一定要去裏面一回，雖然王正杰告訴過我只要花四五十塊就可以到地下室喝咖啡，可是我不願意我這個夢是如此廉價可得——

「黃滿！」施老頭打斷了我對夢的估價，我看看他，他仍然哭得亂七八糟，好好一個鼻頭揉得既紅且亮，我看了很不忍，只得祭起我那好法寶：「來說說蚊子鬪青蛙的吧，還有那場立旗竿的法事眞的做了一天一夜？」

他像沒聽到我的問話似的，只顧開始把積了一天的牢騷存貨出清，說昨晚跟媳婦大吵了一頓，原來媳婦決定以後要請人來教家家英文，那麼就是說連以前晚上僅有的一點共處時間都給剝奪了，不懂他們爲什麼要如此徹底斷絕他跟家家。老二一家下星期移民加拿大，從決定到辦妥手續都沒有跟他說過，這下是完全沒退路了。我問怎不跟老二家走算了，印象裏，二兒子對他要好得多，「人家講ABC，我鴨子聽雷做不來美國人。」隨即哭訴家家這一學美國話更要和他這阿公說不成話了。我知道家人吵嘴最是傷感情，這也是我不愛頂我媽媽的原因，可是怎麼也不用傷心到這個地步啊。你知道他說什麼，他說兒子這回是狠絕了心，殺手已經跟了他一天，大概今天晚上就要下手了，「我這樣活下去也沒什麼意思，就讓他動手吧，你也不要再陪我，我很感謝你，家家他哥哥姊姊是連電視都不肯陪我看。」一說到家家二字又淚如雨下，我正想開口說些安慰的話，他一揚手阻止我，又繼續搬出大大小小的事來數，有些我沒聽過，有些我可以說得比他還清楚，然而，就在他的淚水話聲中，我竟然睡著了，那樣的情況中我居然睡得著，我想那時一定讓他傷心絕望透了。

——假使時光能倒流！我可能是被外面的燈光刺醒的，因爲一睜眼，窗外光亮的月臺上清楚可見「竹圍」二字，然後我才發現他不在身邊！我趕忙站起來，整節車廂也沒他的人影，車過關渡時我還模糊聽到他的聲音。關渡竹圍之間沒站也不會停，腦裏火速一過，我嚇得往前個車廂跑去，沒想到走道上與正朝這節跑的那個、那個殺手迎面撞上，沒錯，正是那個常跟脚的人，爲什麼臉上驚惶成那樣?!難不成……對望的數秒中，他彷彿知道我猜到他了，突然反身奪門而下。他媽的想逃！老頭給解決了不成！

我奔下車，月臺那端他已經沒入黑暗裏，是朝回頭的方向跑，我頓時決定不了該先衝去車站電話報警，還是找列車長還是先追兇手還是救人要緊，也許施老頭被他推下車並沒摔死，人只要救活過來，兇手就好抓好認了，更何況兇手還是兒子派的，媽的卑鄙！先追兇手！

追不著再沿鐵路找施老頭。

鐵道兩邊是野地，我一下就失掉了兇手的影踪，火車早已走遠了，四處很靜，只有蟲聲水聲和公路上久久呼嘯而過的車子。我不大有時間想到這到底是怎麼回事，我只是心很慌，竟然有點想哭，黑裏脚下一高一低的走不穩，邊叫喚著，不是叫他，我連他名字都不知道，我一聲聲的喚：「黃滿在這裏！黃滿在這裏！」若眞的從車上被推下去，應該就在鐵道左右不會太遠處，只要他沒死，會聽得到我的。

一直走到關渡大橋施工的地方我才就地坐下喘口氣，龐大冷清未完工的大橋雖然燈火通明，但除了隱隱什麼機器馬達聲音是一點人迹都沒有。我重新把這個晚上發生的一連串事情好好理一理，也許，也許施老頭根本好端端的人已在淡水，他只是去上廁所或是無聊到前面車廂走走——他這麼怕那名殺手怎麼可能自己找上去？除非眞如他說的，不想活了，讓殺手來動手，變相的自殺，總之，不管是他自找或被找，那殺手的驚惶和奔逃就是一切的最好證明了。暫時想淸楚後，我便繼續沿鐵路搜尋。

那夜，我走到關渡火車隧道再折回原路直走回淡水鎭，什麼都沒有發現。我也不回家，慢慢朝淡水分局走去，邊思索著該如何報案。

走了大半夜，我已經冷靜下來了，看多了日本錄影帶土曜火曜推理劇，我知道以目前的狀況去報案，根本只能讓警察以爲我在惡作劇，要不就是神經病——一想到神經病這三個字，霎時懊悔孤單得要命，突然清楚感到老頭長期以來不被人相信的苦楚。我決定等微有天光的時候再回到竹圍關渡那段路查個仔細。

在等天亮的這段時間裏，我晃到清水祖師廟去。雖然老頭跟我說過祖師爺曾在中法戰爭時助陣擊退過西番仔，又每每落鼻示警（每次災厄化夷後只要用香灰沾水就能把它的鼻子黏回去哩！），我可不是爲了這些靈驗存心來求它的，像我媽就每個月要來進好幾次香，是爸爸以前打漁時養成的習慣吧。結果爸爸是灌過頭了酒，心臟病發死在家裏的。我們家現在就在下頭的清水街上，離這裏很近，可是我從不跟我媽來。現在來，是只想站在廟前的場子上高高在上的隔段距離來看小鎮、看江水、看觀音山，我這也才第一次發現其實黑暗裏照樣看得到東西的，像江水就白得不可思議。老頭曾經說從觀音山那岸隔江看淡水，若說整個淡水鎮像條伏臥的龍，那麼祖師廟佔的就是龍頭的位子。

此刻我站在龍頭上又怎樣呢？夜涼風寒得我趁此逼自己再重新想個清楚，可是心底的恐懼卻不聽使喚的走了氣，老頭現在大概正在某處奄奄一息著……媽媽每天上午和別人在龍山寺前合夥擺麵攤，晚上到中正路上的海鮮店洗碗，有一天她發了大財叫我爲錢殺她我絕對絕對做不到！什麼世界兒子殺老子！我憤怒得迸出眼淚來，熱癢癢的緩緩爬下冰冷的臉，也正好及時打斷我的一場瞌睡昏矇，便出發走向竹圍。

清晨第一班開往臺北的列車剛擦身而去不久，我在關渡大橋和隧道之間的河灘上發現了老頭的牛皮紙袋，還好，離水線很遠，除了微受露潮外，並沒被一夜的潮水起落浸到。那麼人呢？我兩手發抖的拾起那個不能再熟悉的牛皮紙袋，一夜的緊張驚恐疲倦這才山洪爆發，我把它貼在臉上乾嗚了幾聲……可是人呢？把牛皮紙袋打開，不是死老鼠繡花鞋，是錢！我把整個袋子倒出來，全是一札札的錢！有新有舊，唯一相同的是全是千元大鈔，略一估計，總有二三十萬吧！我害怕起來，忙把錢迅速抓回袋子裏，若是兇手已經先我一步把老頭的屍體處理掉，這個和老頭從不離身的紙袋怎麼給漏了，或許現在發現了，正要折返回來，不能讓他湮滅掉這項證物！我抱著紙袋拔腿奔離那裏。

我在公路上搭了車回淡水，先回家，反正媽這時在忙麵攤不會在家拷問我昨天的夜不歸營。我把錢先分藏在床底幾雙髒舊得媽不願意洗可是我不許她丟掉的球鞋裏，這才好好看了看牛皮紙袋，紙質要不是髒舊是很考究的，左邊印的燙金字，是施記建設的公司地址和電話。我把紙袋摺好帶在身上，街頭亂走了一陣，也到分局對街觀望了一會兒，最後我在雜貨店買了煙，換了一堆硬幣，到零售市場旁邊的公共電話一股作氣撥了施記建設的電話，電話通，是總機，我邊繼續投幣邊說要找施德輝董事長，便轉接一位女孩子聲音，說董事長在開會問我是什麼人有什麼事，我答想談他父親的事，中午還會再打去，沒等她再問，我便掛了電話，我決定到臺北去，這樣大的一家公司斷不會貿然對我怎的，他們的那種黑暗手法只能只敢對付年老無助的老頭！

往臺北的火車上，我再次細看了竹圍到關渡的河岸，雖是居高臨下，加上因爲關渡大橋施工而減慢車速，仍然沒看到任何異樣，亮晃晃的江面波光刺得我暈睏，這樣一個日日如常的大太陽下很叫我懷疑起昨天一整晚是不是做夢？是不是做夢？一手冷汗的試著掏掏看褲口袋，竟然眞的掏出那摺好的牛皮紙袋，那麼說，是眞的了。

到了臺北還不到十二點，我再撥了電話，順利的總機到女秘書到施董事長，一個平常的聲音：「施記建設施德輝，你說有我父親的消息？」他怎麼能那麼冷靜？我點點頭應聲：「嗯。」「麻煩你晚上來我們家一趟，我想當面談，地址是——」

記完地址問他在哪一帶，他答：「頂好市場。貴姓？」「黃。」「那麼黃先生我們今晚七點鐘見。」他掛了電話。

找我去？要收買或滅口？老婆小孩傭人在，斷不致明目張膽，可是看他那種異常冷靜的反應就像是老頭天天都失踪被殺似的，至少，兇手應該已經向他報告昨晚解決了老頭，即使有一點，有一丁點可能他眞的是無辜的，老頭的一夜未歸還不足以使他緊張或報警尋人嗎？怎麼還能放著不馬上問而繼續辦事到晚上呢？

距晚上七點還有大半天，我只好到西門町胡亂看兩場電影，其中一又四分之三場是睡著的。出了電影院天還沒暗，便覓了一家電腦資訊研究中心玩了一陣電動玩具，直到身上的錢繳研究費繳得只剩晚上回家的車錢了才離開。

七點正，我順利按址找到了那幢大廈，順利的通過了門禁森嚴的大廈管理員。電梯裏，才回復知覺似的有些發慌，眞的，除了褲口袋中的那牛皮紙袋，我簡直一無仰仗啊！而其實那牛皮紙袋能證明得了什麼？我這樣做能於事有益嗎？也許我該循求報警和找老頭屍體的那條路才比較有可能將媽的施德輝繩之於法——太遲了，電梯門開。

出了電梯，我只得上前按了A座的門鈴，門幾乎是立時就開了，一張三十幾歲女人的臉，我忙問好：「是施太太嗎？」她笑起來，向我說了數串話，隨即回頭朝裏面稍大聲的又呱啦幾串，我知道她說的是國語，可是怎麼聽不懂？脫了球鞋，穿上她跪下擺好的拖鞋，怎麼一雙腳丫如此臭薰薰，我猶疑著，卻見她還在一旁含笑欠身侍立，我趕緊跟她上路，這才想到她大概就是老頭說的菲律賓女傭吧。

坐下後，這過軟的龐大沙發已叫我氣弱了一半，整個人陷在其中簡直叫我無法挺直腰桿。等那名菲律賓女傭奉上茶後，施德輝便出現了，出乎意料閒適的穿著一套做健身操似的休閒服，奇怪他並沒吃驚我這「黃先生」是如此年輕，深鎖著眉頭開口：「我知道最近你常和家父在一起，一直找不到機會向你感謝對他的照顧，很遺憾是在這種情況下見到你。昨天晚上的事我雖然感到意外，可是據我了解還不至於太悲觀，我很高興你主動協助我們尋找家父，我和內人這裏先謝謝你。」

那個在施德輝說話中姍姍晃出來的女人，一身粉紅色的休閒服，此時皺著眉嘟著嘴對我無可奈何的一笑，我簡直不相信她是施德輝的太太，老頭口裏的大媳婦，看起來太年輕嬌貴了。可是眞正叫我不敢相信的還是施德輝的這番話，他竟能如此一副誠懇狀的完全抹殺事實，有臉！「可是他跟我說你要殺他，而且昨天晚上我也看到了下手的人，我相信他已經向你報告了成果。」我把每一個字都咬成飛刀似的向他一一發射替老頭報仇，他果然負傷似的痛苦著呻吟：「是內人前天跟他起了一點爭執，傷心之下說出這種話——」「從我們認識以來他就說你要殺他，事實上你也派了人是不是？」「你既然相信了也目擊了為什麼不報警？」他使出撒手鐧。「你知道我除了掌握到了行兇動機，兇手和屍體都還沒找到——」「那你是來跟我要兇手和屍體？」他苦笑一下，調頭向一直低頭縮在沙發裏的妻子發話：「幫我打個電話催一下，還沒出門就叫他坐計程車來。」女人像生氣似的鼓著腮幫橫施德輝一眼，掙扎起身，懶洋洋的朝裏間走去。

此時施德輝竟丟下一頭霧水的我不管，自顧自拿起一份外國雜誌翻閱著。一個小小孩的的達達走進來，漠然的掃我一眼，爬上施德輝身畔，施德輝眼不離雜誌的分一隻手揉捏著小孩，小孩發聲：「爸爸王品品的爸爸換了一部 Audi 100。」施德輝一路捏上小孩的臉：「家家有沒有吵姊姊做功課？」是家家！我怎麼都無法把老頭口中天眞解人意的小把戲跟這個小孩聯想在一起！小孩繼續歡叫起來：「爸爸 Volkswagon！」施德輝捏捏小孩鼻子，小孩滿是鼻音又叫：「Pontiac 火鳥！」施德輝獎勵似的拍拍小孩的頭，小孩隨著施德輝的翻書頁不時吐出流利悅耳的英文或是外國語，我才發現施德輝大概在看汽車雜誌，奇怪五六歲的小孩應該連國字都不識，哪來這麼厲害的能力，難怪老頭會擔心不能和家家語言溝通到傷心的地步！

「沒人接大概出門了。」懶女人又晃出來，不過已換了比較整齊的衣服，剛剛胡亂盤起的頭髮也放下來梳理平順了，這種時候，我居然還有心思發現她竟然很像 AKINA！要是我眞娶到了 AKINA 而她懶洋洋的跟我媽處不好，我想我還眞會爲難的。

門鈴適時的打斷了我的胡思亂想，菲律賓女傭趨前應門，施德輝指揮老婆：「把家家帶進去。」告誡我：「你冷靜一點。」再叮嚀老婆：「叫阿春我的電話都別給接。」

門開處，進來的竟是那名殺手！我一躍而起撲向他，怪道他不僅不逃反而迎上來要幹架似的，兩人邊互糾纏邊嘴上亂七八糟罵著，詞兒竟然一模一樣：「媽的都是你害的……」

被施德輝又喝又拉的分開後，我們一起搶著又罵又陳述著，施德輝邊揚起一手制止那殺手邊對我說：「事情既然到這個地步，你想不想聽我說整個事實？」

「告訴我吧！告訴我到底是怎麼一回事！」我喊完頹然倒在沙發上。

「簡單說吧，」施德輝邊思索著邊緩緩開口：「家父從完全不碰施記建設開始，也差不多就是家母過世後開始不對勁的，起先我們沒怎麼在意，因爲生活上我們實在把他伺候得無微不至，直到有一天××百貨公司通知我，我才知道家父在公司裏順手牽羊，而且不是第一次了，幸好那家公司租用的大樓是我們施家的，當然沒有送警處理，可是誰知道下次還會不會那麼幸運又碰到哪家是承租我們房子的百貨公司，就從那時候開始雇人跟他，隨手拿了東西就趕快跟著付帳，跟他已經講不清，每次出門給他帶再多錢他根本不用，把他關在家裏我們也不忍心，我和內人都忙，小孩又要上學，也許一開始就是太無聊了才變成這樣的……你說的兇手，就是我請來暗中照看家父的，很抱歉出這種事讓你們傷和氣。」施德輝隨即簡單的介紹了那人，原來是個專五的學生來打工的，才做幾個月……可是怪了！「昨晚你既然沒推老頭，幹嘛看到我慌成那樣，還逃得那麼快！」

那人聞言又忿然起身：「我丟了人我不趕快找！人命關天怎麼向施董交代！還不怪你！施老伯沒認識你以前我工作輕鬆安全得很，你帶他亂跑玩得可開心，我天天提心吊膽不跟他回這裏不敢鬆口氣，好，我現在怎麼向施董交代！」施德輝做了個手勢制止安撫他：「這個我不怪你，你不用擔這責任，這樣吧，聚攏你們倆就是想研究研究當時的狀況，判斷一下是哪種可能，也好做處理。」

結果那人的話讓我有點不好意思，他說火車在關渡大橋一帶因施工的關係曾減速減得幾乎是停止的地步（那時我在睡可恥的覺！）老人不知是不是在那時下車的，那人說他也後悔沒有緊盯我們而只在剛抵竹圍時前來窺探，然後就是和我的碰頭了。

「他那裏下車做什麼？」施德輝喃喃自問，我頓時憶起老人的眼淚：「老頭那天一直說不想再活了，會不會……」施德輝垂下頭去。我想他們的話可能都是眞的，因爲牛皮紙袋就是在那一帶找到的，或許他萬念俱灰的臨時起意下車，那一段的鐵軌很近江邊，他把牛皮紙袋放在岸邊不忍帶下水糟蹋，然後自己走入江裏……三個人大概都想到相同的情景，面色哀戚起來，可是幾乎是同時，我和施德輝喊起來：「他會游泳，不可能！」是啊！一個擅泳的人怎麼可能選擇溺水做自殺的方法？那殺手也附和說早上他去過那一段的河邊也沒發現任何迹象或老頭身上的衣物。不知是一種什麼微妙的心理，我隱著褲口袋裏的那牛皮紙袋不提，但不是順帶想瞞下那筆錢，我還是想有所保留，萬一事實並非全如全他們所言……

討論了整晚也沒什麼具體的結論，但也先只能做到這步了，臨要出施家，忍不住又問一次施德輝爲什麼不報警，他沈吟著答道：「連我們現在都弄不很淸楚，警方又能做什麼呢？我有一些人手可以四處打探，做得會比警方好，而且最重要的，我不希望這件事被喧騰開來，當初所以沒把家父送療養院或養老院，我不希望別人說我施德輝是個不講孝道的人，這件事要是一被鬧開，人家會說我施德輝一定是做了什麼才把父親逼得這樣，而且那些殺父謀產的話他並不只對你說過，別人要是存心利用這些打擊我，你應該可以想像那種局面吧。」他大概看出我有些不滿，拍拍我肩膀：「你們還年輕，成人世界的艱難你們是無法瞭解的，我所能做到的我已經盡了全力。你這樣顧念家父，他知道的話一定很安慰。」

什麼嘛！已經認定老頭死了似的！我仍存一口不平之氣的離開施宅。

那之後的一長段日子裏，我天天密切注意報上有沒有什麼淡水河邊發現男屍的新聞，有也有過，只是屍體的年齡和特徵都不對。心情因此變得極複雜。我幾乎每天都電話施德輝探消息，他忙的時候就答沒有，有時略有空就聊一陣，甚至一起回憶追敍有關老頭的各種大小事，這種時候我總會很希望老頭是自殺而絕非施德輝幹的。可是上著課或車上或路上我常會發起呆，想到老頭所說的種種，我又希望他的懷疑判斷是眞的，不是妄想不是神經病，眞的是兒子派殺手殺的，那麼老頭就到底還是正常的了。我多願意他是個正常的人，雖然我說不上來爲什麼老頭的正常與否對我那樣意義重大。

星期天我也沒再去王正杰家瘋，我留在淡水，鎭裏鎭外到處走走盼能發現什麼。新修的直衙眞理街通沙崙的六線大道快完工了，路上滿是騎協力車的男男女女，其實這種路騎越野機車最過癮，YAMAHA 黃黑相間的那種猙獰的越野車，那是我夢想了很久的，有一刹那間，我甚至想動用床底鞋裏的那二三十萬，其實直到現在我還沒細數過那筆錢，我不喜歡那樣做，就像我迅速的打消想買越野車的念頭一樣，好像在算計老頭什麼，好像眞認定老頭已經死了似的。

我就這樣在紅毛城過去不遠河海交接處的公路旁的石礅上面坐了一天，讓太陽痛曬一頓也罷，免得整個腦袋不肯歇息的想個不停，可是，處處是老頭說過的物事，身後的高爾夫球場老頭嚇唬過我，說那裏本來是墳山，還埋了不少中法戰爭時陣亡的劉銘傳手下「河南勇」咧！右方不遠的油車口老炮臺遺址，老頭說年輕時常和妻子帶著剛學走路的施德輝去那裏散步，那時離我出生還早哩——錯了！事情一開始就他媽的走錯了，只有公諸於世，才會有最公平的處理！

回鎭上第一件事就是打電話到施宅，阿春說施董去新加坡，要到星期二才回。星期三是端午，總會回來吧。我要阿春留話說我星期三下午會去。

終於熬到星期三，施德輝在，我劈面問他到底還有沒有在查老頭的事，他漫聲應有呀，一旁施太太笑不可止的拖過他，邊指指一旁正在打電話的家家邊匆匆向我解說：「他幼稚園的女朋友。」只聽家家正昂憤的說：「我告訴妳妳不要跟王品品一起玩，他是壞孩子不肯吃飯才那麼矮！」兩位大人爆笑開，我只覺得滿心灰涼，無力氣的開口：「我決定報警。」

施德輝疲倦的看我一眼：「這麼久了，沒有用。」我也早已想好了答他：「那我找報社記者，抖開了大家一起找老頭，那才叫做盡力！」施德輝艱澀的說：「你也想過了我的處境？」「我現在只能顧到第一號受害人了。」施德輝沒再說什麼。我就此離開了施家。

次日下午，我透過王正杰的安排與他輔大姊姊的男朋友碰面，他目前是某大報記者。我極盡委婉周全的把這整樁事件從頭述起，不時叮他最重要的是找老頭，施德輝的孝與不孝甚至命案都是次要和根本沒確定的，他儘管強抑興奮的點頭：「放心放心，不管怎麼寫，這本身已經太具新聞價值了，想想看，施德輝！」他喜不自勝的樣子很讓我擔心，我甚至有些後悔這樣做。

當晚我趕回家，因為是淸水祖師祭典，淡水全年最熱鬧的祭典，媽早幾天就叮我這天得跟她進香，說要向祖師爺許願保佑我今年考上大學。以前祖師廟祭典我大不了擠去廟前看酬神戲，近幾年連看戲的熱鬧我都懶去擠。今天呢？該做的事能做的事我已做盡，整個人空掉了似的心無安身處人也無落脚地，我老實跟隨媽媽擠進祖師廟裏去。

媽媽在忙著求神上香時，我隨意拿起供桌上一對也跟我一樣閒著的卦杯，籤筒中任意抽了一支籤，我擠到中間，透過迷漫的煙霧和上香祈拜的人頭，我這裏遙遙望著祖師爺的黑臉，該跟我說什麼就說什麼吧，我學記憶中母親卜卦杯的樣子卜了三次，都是一陰一陽，我擠去籤櫃取了籤條，是第三十六首：聲許步龍門，誰知未化鯤，風雲來際會，牛馬共同犇。我合掌拜謝了祖師爺，不懂它爲什麼如此樂意跟我說話而我完全看不懂。我向媽說了聲想出去透口氣，便擠出廟去，無意識的由人羣推擠著，心裏卻一再覆誦著籤文——突然間，人隙間閃過什麼，我奮力撥開人叢衝過去，竟是老頭！那老頭正跟三五名差不多形貌的老人蹲在場子邊悠閑的聊天！媽的我痛喊一聲：「老——頭！」太大聲了，所有人臉都看向我，包括老頭的，而且是訝笑著的面容，怎麼會！

及時把老頭拖上最後一班往臺北的列車，我要問的在路上已問得差不多，他這才問我：「這麼趕是要去哪兒？」

太多事情不知從何敍起，只能簡答：「去阻止施德輝殺你的新聞明天上報啊！」見他茫茫然不禁火大：「你怎麼一點也不想想你家裏人、想我會擔心成什麼樣？太過分了你！」

他像是沒聽到我的話，指指窗外，是關渡大橋，他比劃著：「那個時候我一步一步走進水裏，是不要活，可是水一要淹到鼻子，手脚自己就舞動起來，我管不住，我想就向海口游去吧，游累了總會死……我醒來的時候在岸邊，岸邊的人家救我回家呢，我名字什麼統統不記得，他們就把我送到安老院，我才知道我是在淡水的隔岸八里呢，院裏過得很好，伴很多，其實才幾天我就想起了所有的事，可是我喜歡那裏不想回臺北，少掉我一個，是什麼都不會改變的。我在安老院常常偷跑出去玩，坐渡船到淡水，要不在八里遠遠看淡水也好看，尤其天快暗的時候，天色眞美麗，祖師爺廟前兩柱燈像龍睛一樣，廟裏敲鐘打鼓我隔江都聽得到……」

他說著笑起來，臉上老淚兩行，火車早已經過關渡，過王家廟，過北投，過石牌，不用半個小時後就會到臺北，那時候，我們的眼淚早就被夜風吹乾了，我很放心。

我記得……

「這就是死……這就是死……」

他只不過如常的搶過一個黃燈，摩托車後照鏡霎時映滿陽光亮得他睜視不得，就這樣一閉眼，再看到時，鏡子裡滿滿一個惡魔樣的大頭黃公車，四周忽然聲音氣氛大變，他回過頭去，公車整個像堵牆似的轟然就在身後，那司機驚恐一張臉高高的彷彿在他頭頂處，「原來死就是這個樣子……」不行啊！他想自己此刻這張臉只怕比那司機還要驚恐，這樣一張充滿了貪生怕死的遺容，甚至還有其他乘客路人也看到的，不是他想要的，這種死法自然不是他想要的但已來不及了，起碼得死一張不難看的臉吧。他多不願意那司機在撞死他難過一場後所得的印象是一張如停格畫面般驚惶可笑的臉，乃至不要多久後他一定會當笑話講給別人聽。

他要莊嚴，最起碼不似蟻螻逃生那樣滑稽令人絲毫生不出同情心的死，此生既已如蟻螻，在上蒼眼中，但至少這齣戲的最後一幕、最後一個表情總可以由自己左右一下吧……

不知爲何如此艱難，原來大腦和顏面神經相隔如此遠，怎麼如此簡單、此生最後一個並不奢求的訊息都傳達不到呢？

……So this is what it's like to be dead，原來死就是這個樣子，他幾乎要放棄雍容平和死相的決心，他還太年輕了，尤對死亡而言，三十一歲，所以不甚有時間想過死亡的事，若有，也只是大學時代課餘哲學上的思辯，並非車禍、台北街頭、殯儀館，叫他如何有時間去做一個雍容平和死相的心理準備，早知道他就該聽——天啊竟然想不起妻的名字——早知道那回就該聽了她的話，把她同事洪麗媚老師先生的老裕隆買過來，好歹是鐵包肉，怎麼也可緩衝一點，才五萬塊。他這輛偉士霸結婚那年買時不也就差不多是這個價，他們並不差那個錢，買房子的貸款去年提早付完，他們廣告公司去年把一家國內最大的飲料公司和日本進口的新品牌化粧品搶到，他們負責的那組人年終紅利分到不少，年初一家四口還去北海道看雪祭。他開始和同事聊車子，以前他全不參加他們玩車的話題，也認眞翻一些汽車雜誌，慾望一夕之間膨脹得不可收拾，依他存款和有能力貸得的錢，頂多只能考慮到MONTEGO，最實惠的當然是SEAT，好歹沾個引擎是保時捷設計的邊，猶疑不定中，妻也考得了駕照，他忽然想發狠心買專給女孩子開的禮蘭的Mini車系，像老闆的特別助理蜜斯莊開的那種。他想像優雅的、糟糕仍舊想不起她的名字的、A型處女座、在國中教國文、因此他的文案的美麗文字常得力自她的、他的妻，Mini車會最適合她的氣質的，可是，優雅的、冷靜的、講道理的……雲璃，昨天晚上浴後著一襲煙藍色絲質的睡衣，異樣亮著眼睛以致他莫名害怕迅速捻熄了床頭燈，少要求少主動的雲璃側睡向他，他嗅到除了平常她慣用的OLAY乳液外的另一種香氣，是梳粧台上那白底青花瓷瓶的嬌蘭Mistoko吧，他表示過喜歡的香水，因此其意甚明，他輕輕的捏了捏雲璃的手，婉轉拒絕她：「奇怪肚子一整天都怪怪的，人好虛。」其實眞正奇怪的是自己怎麼沒有一點慾望去碰觸結婚七年在新睡衣裡仍苗條有致的妻的身體。

要知道是最後一次，要知道此生如此短，他一定不只那夜，夜夜都要珍惜她，把這一生原該做的愛在七年內做完，說什麼也不浪費那麼多夜晚冷戰鬥氣或只平靜無事的睡覺。雲璃在床上是從不開燈，乃至換衣服時也避著他，沒想到這竟帶給他一個神秘不可測的效果，以爲天下之女體皆盡於雲璃，他每翻看《閣樓》或一些周刊之類的中外美女照片時，只覺是雲璃的各種妝扮各種姿勢罷了，當晚回去黑裡驗證一番，似乎果眞也就如此，因此應酬場合裡的諸多機會，他全無一試的興趣，沒想到這一不捨雲璃，竟是對人世裡所有男女歡愛的眷戀。數年前在熱烈追求雲璃時，怎麼也不會想到數年後兩人的相處情形是這樣的吧，結婚，生子，沒離婚，沒怎麼更好，也不太壞，總之是十年前的自己怎麼努力想像都想不到的……家常。

那時候想像未來，彷彿把眼前的數十年捶擠成一齣戲，非悲即歡、非生即死，絕無冷場，走出劇場，立知分曉。

原來戲劇化在眞實的人生裡甚至一次都沒有，他的僅有一次，如果那算的話——以前每想起時都血脈賁張熱淚盈眶——那是大三開學不久後的深秋，他跟著林桑幫康天宏競選立委，說是助選不過是發傳單貼海報和做些政見發表會場鼓掌吆喝的工作。一次在他們學校前的政見發表會，跟他同班卻大他兩歲饒富經驗的林桑正用台語才講不久，台下有幾個角落忽的噓聲大起，喊著要聽國語演講，「講國語！講國語！聽不懂！」

其實他剛才並沒注意林桑說的是些什麼，只擔心的四顧著在水銀燈下顯得格外粗大的雨絲不要再大才好，他仰望著臉上閃著水光的林桑，想起那麼多不眠的夜晚，他們多少次要翻臉的爭辯，或幾乎抱頭痛哭的交心，末尾，通常是在天光初現巷弄裡有送報人的單車聲時，林桑總以這句話替一夜的疲累做收場：「反正我們除了枷鎖外，沒有其他可損失了。」有時以嘲諷的語調，有時伴隨一雙通紅灼燒的眼睛。幾年以後，他在爲一家家電公司做企業形象的公益廣告絞盡腦汁時，在翻閱一本專彙名人語錄的原文書裡才得知林桑的口頭禪是出自卡爾馬克思一八四八年的共產黨宣言，原意約爲無產階級除了枷鎖之外無可損失，而正待他們贏取的是個新世界。當時的他只深深習慣和眷戀這句話，不管他和林桑如何的衝突爭執，彷彿這句話的效果於他和林桑就似夫妻床頭吵架床尾和一樣。

台下喊著要聽國語的鼓噪未歇，林桑略微怔在當場，只頻頻要求台下安靜，但他看出林桑的有些無法確定該如何處理，他再望望即將上台的康天宏，康正微仰臉望著台上，一頭臉的雨水彷彿決定不了等會兒上台要用國語或台語。

除了枷鎖，別無其他可損失的了。

他跳上台去，搶過林桑的麥克風，環顧四下，完全望不到群衆，只見燈光下一支支颼颼如箭的雨，他大聲而沈定的向著黑暗說：「你們來台灣也有三十年了，還聽不懂台語，我們還是用台語演講，如果有聽不懂的僑生同學，旁邊的人麻煩你們幫忙翻譯一下。」

沒等反應，他說完就跳下台，他不習慣自己像貓王或披頭四暴露在黑裡群衆的唯一一方燈光下，他這也才發覺四周頓時安靜下來了，當然包括噓聲和口哨聲。大家安安靜靜的繼續聽完林桑的話。康天宏不知道什麼時候走到他身邊，小卻厚實的手捏了捏他後頸子，把剛燃起的一根香煙遞給他，他猛吸兩口，並小心護著不讓雨水給濡溼。

那年康天宏高票當選立委，他在圈內也因此一戰成名。

但那之後到畢業的近兩年間，他沒能再有什麼表現，楊莉颱風一樣的洶洶來去一場，直到他服預官，她適時的出國，並且甩掉他。

楊莉和他同系不同組，彼此好感是有的，但進展快得幾令他嚇倒。他租住在學校附近三夾板隔成很多小間的老民房，他固定有很多課覺得乏味不上的，楊莉時上時不上，總會逕來找他。

冬日的午後，他窩在棉被裡邊看書邊分神想像楊莉身上的暖香，度日如年的全身發燥簡直不能忍受。但楊莉的到來，又讓他再次深覺他們的沒有未來，楊莉從不重複的好質料新式樣的衣服，一頭濃髮隨意的側打成一條光滑的辮子，整張白淨未施脂粉的臉寫滿了她的好身世和不在意，他躺在床上注視她玉樹一樣的高高亭立近他床邊，他的小屋益發的畏穢不成樣子，楊莉從來不讓他想完，褪去衣服到他的被子裡。

冬日的午後，太寂靜了，隔老遠的偶有人咳嗽或脚步聲都會讓他大驚，因此他覺得他們倆弄出的聲音簡直可說是驚天動地，即使非常依戀楊莉的身體，總是放快動作些，然後趕快穿好衣物出了房間在走廊努力自然神色的來回走走亮相，以示他們並沒有如何。

楊莉有時並不馬上穿衣，縮在他被窩裡隨意的拿起他剛才看了一半的書接著看，看得專心時，正打著辮子的兩隻手將放未放的停擱在泛著肌光的裸露的肩頭上，他很想過去再鬧她，全不明白她爲什麼喜歡他和選擇他，就一般男女的關係上來看，她絕對是主動的，從來不等他想清楚，楊莉黑洞一樣的把他神形俱吸去。

因此那段日子他格外怕見到林桑，林桑仍常來找他聊，並帶各種雜誌和新書，有時是快到楊莉要來的時間，他控制不了的心不在焉起來，是出於期待楊莉，也是怕楊莉的出現在林桑面前。所有時候，他都覺得自己於楊莉是高攀，只有在林桑前，簡直覺得楊莉很拿不出去，首先楊莉是外省人聽不懂台語，她在場時，他爲了稍遷就她就不能用台語和林桑交談，再來，他有時和林桑認眞討論問題，楊莉在一旁隨聽隨不聽或有一下沒一下的隨便翻弄那些林桑帶來的雜誌書，他偷瞄在眼裡覺得簡直無法忍受楊莉的無知和失態。一向嚴峻的林桑這一點卻出奇的體人意，一見他有分心處，便差不多隨後告辭，走時重重拍他肩頭一下：「哼，亂愛！」與台語的戀愛同音，故意不屑的語氣立時沖淡掉剛起的那股生分，但林桑的愈益體貼便叫他愈益羞慚。也有一兩次楊莉沒穿衣的在他床上，他把林桑擋架在房門口淺聊兩句，林桑遞給他新出版的台灣政論，他接過來邊喟嘆著：「都第五期了……」林桑勉強一笑：「也是最後一期了……以後就停刊了。」他自言自語式的說著轉身便走，若有所思的低著頭消逝在樓梯口。

那一次，他沒有馬上回房，也沒有立即翻開最後一期的台灣政論，把它捲成一根棒子似的敲擊著自己，走到走廊另一端面街的窗口，他依著腐朽的木窗檻向下望，林桑依舊低頭思索的身影漸行漸遠，竟有一種從未出現在林桑身上的寂寥。

林桑本來是東海政治的，讀完大三降轉到他們系裡從大二唸起，林桑是翹課大王，他正奇怪開學兩三周了還沒見過新來的轉學生，沒想到體育課倒是一起上，他們都是起不早的夜貓，不約而同選了人家選剩的冷門課球類組，上完兩人並排在廁所裡洗手脚，林桑問他：「

你是宜蘭人？」他點頭：「礁溪。」林桑繼續用台語：「你們以前礁溪鄉長是張金策。」他搖頭：「我小學就搬到宜蘭市裡了。」林桑無緣無故的笑起來：「呷飯配魯蛋，酸酸又軟軟。」操他們宜蘭特有的口音，他聞言也笑起來了。

林桑自我介紹是台南人，熱情大方得反賓為主，倒像他才是轉學生似的。他禮貌的回應問林桑為什麼轉來台北唸，林桑好大的嗓門：「我已經看了三年的省議會，很夠了，到台北來看看國會和康天宏。」

他很覺奇異的擦乾臉上的水並再看了看林桑，林桑正大口的在喝生水，他首次覺得政治，書本裡的、黑板上的、教授口中的、報紙上的，竟是可以發生在身邊或自己身上的。林桑隨即告訴他現在的住處，要他有空去看看他收藏的許多難得的雜誌和書。

沒等他去找林桑，林卻在他們招呼過後的那個周末晚上抱了一堆包括文星、自由中國、民主潮等的雜誌給他。他讀完那些後，開始跟隨林桑參加一些定期的聚會，新結識了包括康天宏在內的很多朋友，他尤其記得第一次見康時，康操台語用雙手緊緊握住他的手：「宜蘭好地方，出人才！」

康那雙小而厚實滑熱的手留給他極深的印象，那次見面康來去匆匆沒能聊什麼，康那異於常人矮小的個子但在衆人中格外從容誠懇的氣質卻讓他暗自佩服。回學校的路上，他聽著林桑一旁滔滔不絕的講述康的事蹟，他也深被林桑對康的完全傾倒給感染，林桑提出結論：「所以我們除了枷鎖，別無其他的可以損失了。」

那是他第一次聽林桑說這句話，也第一次深感自己的年輕，或許因爲自己的獻身投入，而其實可以改變一些什麼的，林桑似洞悉了他的念頭說：「我受了四年的學院訓練，不甘心只做個政治學徒，我想實際下去看看我們這部政治機器出了什麼毛病，你不覺得就在這一兩年，空氣變了很多。」林桑玩笑似的把食指沾沾口水，往空中一豎做測風狀，他們邊聊邊得仔細脚下，新生南路正在施工中，瑠公圳將改成地下水道，整條路坑坑窪窪的塵土飛揚寸步難行。

第二年，他除了替康助選外，也因家鄉地緣之便替另一個同鄉郭競選，郭是第一選區立委候選人，據說對手將傾力使郭落選。

他隨著林桑和另幾個學校論壇社的同學一起聽候郭的秘書陳的分配，陳是一名年近三十卻很顯老的女子，馬上讓他想到家裡同年紀仍未嫁的姊姊，而ㄐㄧㄣˋ桑——他發現圈內熟與不熟的人都十分親愛的這樣叫喚她——果也如衆人的大姊姊一樣熱絡親切得可以跨越思想的交通而令人心無二志如家人似的共事，因爲一次稍嚴肅的交談場合裡，他被陳一句極情緒化到無知識的話所驚異，事後林桑馬上對他的質疑態度做提醒：「不要老抱著知識分子身分不放，廣大群衆才是我們要爭取的對象，不了解群衆跟群衆在一塊，怎麼去贏得民心？怎麼談選舉？」

他覺得林桑對他是過慮了，事實上他非常能把陳不只當同志的相處，尤其他們叙起共同唸過的小學，雖然前後差有八九屆，但先後都給一個綽號大頭黃的老師教過，大頭黃每到學期末各科簿子都不還他們，收攏了拿去賣給附近小店包糖果酸梅，他們有時買零食竟認到自己的字跡哩，大頭黃雖然是個教學很認眞的老師，但因爲這點被即若是視老師如神明的年紀的小學生當笑話般的歷屆傳述著，但也隨後在稍大的年紀裡，先後得知大頭黃有五個小孩，最小的患有難治花錢的腎臟病。

「還沒有醫好嗎？」陳問到大頭黃的么兒，「聽說幾年前死了。」他答，兩人遂沈默了，笑中帶淚的再不需要其他言語了。

因爲這關係，他被分配帶了幾個論壇社的同學回鄉替郭競選，論壇社這學期提出的口號是「參與選舉，是認識台灣社會問題最好的機會。」因此很配合支援了他們不少人手。

說是助選一樣是散發傳單，其中數度過家門未人，還好也沒碰到什麼熟人。臨回台北際，他才匆匆回了家一趟，也才幾個月不見的母親忽然變得出奇矮小謙卑，連他爲什麼突然返家都沒敢問一聲。

他看距火車發車尚有一點時間，便帶著同學沿宜蘭河邊的堤防走，他忍不住指給他們看幼時他們釣魚處，他的小學、大頭黃、氣象測候所，他的話聲很快就被他們熱烈的談論這數日的選情變化給淹沒了，他回頭望望堤下大榕樹遮掩著的自己的家，從小，有太多次他這樣高高立在那裡望自己的家，放學回、釣魚打棒球回，甚至就是單純的在那時不覺得狹窄的堤防上玩殺手刀，……但從沒有一次像此刻一樣覺得自己家那樣敗落貧窮，他父親終年在漁船上，未嫁的姊姊天天在家和母親邊門嘴邊一起合作一些手工藝加工品，妹妹小學六年級，弟弟唸地方的高中顯然不可能考大學也考不上……思及此，這些個疲累卻充滿光明的日子乍時黯淡掉了。

他並不常想到家，想起來時總頓失氣力，他並沒有仔細想過要如何去調理清這二者，這段日子他是如此這般告訴自己，或許可因爲他的獻身投入，他們理想的實現性會更有可能，理想的實現雖是沒有止境，但他們想創造或改善的大環境總遲早會因此而波及他的敗落的家，唉……何其迂闊的一條路啊……

他不禁想到康、郭，和無數先人，不知他們源源不絕的力氣是如何而生，而走在他前頭幾個論壇社的同學，有研究生也有才大一的，他也不盡了解他們的動力從何而來、如何護持，甚至他熟悉的林桑，林桑家在台南海安路開一家傳了三代的中藥行，鄉下還有很多果園，家道非常殷實，他幾乎沒看過林桑有灰心喪氣的時候，但這絕無關林桑的動力來源吧，他想起期中考前，林桑躲在他的小屋趴在床上猛翻字典看原文的 John A. Hobson 的帝國主義，連他都看不過去，把次日要考科目的講義筆記搬到林桑面前。

無後顧之憂是否眞的重要到那個地步，至少對於理想的純度會不會打某些折扣？難道此段日子裡自己的激情與理想只是每一代他們這個年紀的人的宿命，所異只是藉各種不同的形式管道表現出來，而旣是宿命，終將……日暮多悲風，他也不過行在堤上，卻覺得整個蘭陽平原像曠野一樣的踩在脚底，他覺得很悲慌。

回台北後，他全力投入康的助選活動，這也才發現貫徹不保留的行動反而是護持理想純度最有效的方法，猶豫不決、瞻前顧後有可能變成知識分子用來爲自己懦弱做藉口的危險。頭腦已經用夠了，他相信該是用心的時候了。

大概就是做了如此的決定，乃有那年冬天的種種，極致處是他爲康的那次登台振臂一呼，黑暗裡聚光燈中的自己，不料變成了多年後折磨自己的一個羞慚。

那時他在公司剛升得AD，正跟L廣爭取即將進口上市的日本M牌的紙尿布，他決定走感性路線而非理性解釋功能的，遂把即將上市的美國H牌紙尿布的CF廣告片借來參考研究。H牌紙尿布是前年度美國 Advertising Age 雜誌選出的年度最佳電視廣告片。他在公司照例與手下小組人員加班研討了個大概，繼續把 Beta 帶子的廣告片攜回家，雲璃在後陽台洗衣，兩個男孩大德大勇盤踞在電視前看錄影帶彩虹仙子、太空戰士之類，聽到開門聲回頭見是他，陌然的一語不發繼續調回頭看，他又疲又怒的照例喝道：「都幾點了還在看！還不去睡覺！」哥哥大德不言語的起身俐落的兩下就把錄影機電視關掉逕自回臥房，小兩歲的大勇跟屁蟲的緊跟著哥哥離去，他目送著那兩個認麥當勞做母錄影帶做父的小獸似的背影離去，很讓他覺得陌生。

當晚等全家都睡後，他把H牌紙尿布的廣告帶子放上，手握遙控器的反覆觀看，三名兩歲左右的大嬰兒在典型的選美舞台上，胸前斜披的彩帶各書各家紙尿布的品牌名，當然最後是H牌的小孩奪魁，像一切選美獲勝者的興奮激動，只不過主角是個大頭大眼睛的胖女娃娃，眼淚汪汪的含笑頷首接受所有的歡呼喝采和聚光燈。他反覆看到後來竟腦袋空空忘其所以，眼淚卻滑過臉頰漫進嘴裡，一剎那的恍惚竟然看到喝采聲、衆目的焦點、黑暗中那方聚光燈中的是自己，多荒謬卻明明熟悉的感覺啊，他也曾經那樣向群衆頷首含笑，滿心願意去爭取給予這些的人們。

他畢業等兵單時，林桑和另些以前辦雜誌的朋友重又新辦一份刊物，林桑任執編，邀他去桃園訪問年底要競選縣長的許。林桑考上政大公行研究所，楊莉也申請到柏克萊加大，走前要他陪去東部玩一趟。兩樣邀約固然差太多了，他還是決定平均分配，先和楊莉在台東花蓮中橫玩了一星期，再約了林桑直接在桃園碰頭。

他和楊莉都知道這是兩人此生相處的最後幾日了，並不悲傷的只彼此盡力狠狠的在床上珍惜對方，以致本來要在台中分的手，楊莉竟微有不捨的要跟他去桃園，他怕楊莉壞事，那兩年間，有幾次不可避免的機會他帶楊莉一起參加他們的聚會，楊莉雖只聽不發言，但她那毫不忌憚瞪著大眼睛隨意打量哪怕是康的神態，很叫他和在場的人不安，而且楊莉的出身，外省人加父親是他們正要大肆撻伐的國大代表，更是叫他心驚膽跳甚至羞慚，最重要的，在那兩年中，他竟絲毫沒能影響或帶動她。

桃園之行，他和林桑對許留下非常好的印象，除了爲雜誌採訪稿外的深談裡，都覺得彼此理想很接近，林桑當場決定年底參加許的助選陣容，他兵役在即，只能遞上雙手誠摯大力的一握，一旁的楊莉大概因爲分別在即而出現從未有過的溫柔神情，他滿心感激的趁空打了一記她裹在牛仔褲裡小而圓實的臀部。

他服預官役的訓練中心在鳳山步兵學校，剛幾日適應全新的生活方式後，瘋狂的想念楊莉，尤其上床後入睡前，從頭到脚的每一個毛孔彷彿全化作一張張的嘴，千萬個嘴衆口一致的只想親遍楊莉以解飢渴。

算算日子，楊莉應該已經出國了，本來以爲自己從兩年前認識楊莉就已經做好了分手的心理準備，沒想到竟是如此的不堪一擊。直到快結訓前七么點四高地的排攻擊，一個衝鋒臥倒，一叢含羞草的梗刺整團穿過野戰服扎得胸口一片火辣，楊莉昨天信裡的那句話砸在他眼前：「你們要搞的學生運動太不夠看了，我選擇柏克萊，至少它才是搞運動人的聖地！」

兩年來對楊莉發高燒樣的著魔突然不藥而癒，大病初癒的人一樣，身體雖然虛弱，頭腦卻異常清楚。

那年中心訓練完，他得知桃園的選舉在中壢出事了，他趁下部隊前的短暫休假裡，電話輾轉連絡上林桑，想問清楚是怎麼回事，林桑卻輕描淡寫得很讓他詫異不解，追問之下，林桑只說電話裡談這些不方便，他也警覺到林桑的處境，便掛了電話。

走在荒漠的高雄市裡，他苦苦追思林桑的每一句話，二十一個省議員四個縣市長的當選不是空前的大勝嗎，爲什麼幫許助選的林桑言下之意卻有對許的不滿呢？林桑說，許是政治專家而非民主烈士。

因此他只要放假的天數夠，總匆匆衝回台北找林桑，不知是時地的阻隔或每次時間太短兩人不能盡言，爭執頭上而他又必須回營時，林桑總作勢給他腦袋一記勾拳：「我看你被軍中莒光日洗腦了！」他卻覺得自己或許有旁觀者的冷靜，他質問林桑：「眞掀翻了的後果你有沒有眞正設想過？」林桑答：「可是你開始夠君子夠客氣的就要求這麼少，就算他們全依你都給你了也只那麼少，我肯定民主是妥協不斷的妥協，所以你想要五毛至少得開口要一塊。」

他們又落入以往的爭執裡，他總在想可行性，林桑總強調首要標高，他搬出康來，認爲康近時在立法院中的表現很好，可資後續的人走這條路，林桑歎口氣：「我覺得他在『學習朝儀』上磨損掉太多，我懷疑他的後繼力。」他異常驚訝的看林桑，林桑忽然玩笑似的揚起聲調：「你兒驚我太兇，到頭我出去混個學位回學校教書，把希望寄託在下一代啦。」他很討厭林桑這種說話的態度，但也只能匆匆趕車去，並告訴林桑他下次可能有假的時間。

幾年後，在他久已習慣不想這些事之後，他和雲璃帶大德大勇趁新年返家，漁船下來休息一個月的父親從圓山鄉下朋友家喝酒回，醺紅兩個臉頰，大著舌頭告訴他在日本結識的朋友，他環視一年多沒回的家，房子依然破敗，可是牆上是新上的漆，錄影機是在龍潭台化廠當警衛的弟弟用年終獎金買的，地上也換舖了花色雖土卻新的地磚，妹妹在台麗當女工，薪水讓媽媽逼著打會聽說也有十幾二十萬了，過了年打算投資朋友在羅東開素食店，連姊夫都是台化廠的採買，很有一點油水可落。

「沒想到全靠王永慶養的……」他暗自喟嘆著。自己當初進廣告公司就是爲了替當時的母親償被倒的會款和養家，沒想到馬上被捲入養自己家的漩渦裡，雲璃、大德、大勇，付房款存車款，竟然除了過年拿個紅包回家外，並沒有眞正養過家的。他看看正跟雲璃互摸新衣問價錢的姊姊，跟幾年前那個待在家裡嫁不出去成天跟媽媽鬥嘴的憔悴的女人簡直連不到一起——一張類似的臉忽然閃過他的腦裡——ㄐㄣˋ桑，不久前報角上小小一則新聞陳假釋出獄，當時他想，該跟林桑連絡一下了吧，不爲什麼的去見陳一面也是應該的，林桑那一年前才回國，在社會系當副教授。但那個周末，他們要和K廣比C航的廣告稿，他放下報紙後便完全忘了陳的事。

此時想起當年和林桑的爭執眞是無謂啊……不管是他辯贏或林桑，世事強硬得簡直不爲他們所動，眼前家人無怨歎的生活不才是最眞實的嗎，他第一次有這種感覺是剛進廣告公司時，他發現努力的爲衣食溫飽在確實賣命工作原來也不壞，那些勤勤懇懇出入大廈叢林的上班族，沒有他和林桑，或康，他們也照樣過得很好，甚至更好，他首次對自己選擇的生活有些安心，他在對林桑的告別電話裡忍不住透露這個想法，那時林桑剛當兵回，正要出去唸書，林桑聽了電話那頭大起聲來：「我不是說過嘛，這也是國民黨高明的地方，把你們這些人養得肥肥飽飽，乖乖得只想睡覺不用想別的了。」

眞正讓他傷心的是林桑第一次對他說話用「你們」，他不說話了，林桑也沉默下來，很半天以後，林桑努力想到話題似的問他雲璃和大德好不好，那時大德還不滿周歲，他很覺寂寥的問「他們」好嗎，「他們」是六十八年那次被關起來的，那次幸虧林桑在服役，不然定難逃此事，而他自己，那時正張羅和雲璃的婚事，完全沒有參與他們下半年在全省舉辦的一連串活動，其實自從那年夏天他退伍回來，康找他加入剛創辦的年代雜誌而他決定去一個私立中學教書始，他已經確定了自己的逃兵身分了。

「其實從另一面看，那次是一個很好的考驗，是一個淘汰投機者的時刻。」林桑答非所問，他卻整個聽在心底，他知道林桑遲早要對他說一次這種話的，但真到這一刻時他反而未覺鮮血淋漓，反而不相干的想起別的事告訴林桑：「萬現在去應老師主編的那分財經雜誌去了，聽說背後出錢的是家大企業。」萬跟他們不同系，也是那段日子常出沒他們小屋一起讀過雜誌的，林桑電話裡輕笑一聲：「連去年張的立委競選快報上都開宗明義說了應該作改革家而非革命家——」「你覺得還是該堅持想要五毛應該開價一塊？」他想起數年前他們的爭辯，林桑搶過話：「我堅持的不是現在鬧的體制內體制外改革的路線之爭，我要求的是精神上的純粹不打折扣。」

那一刻，他不知道該欽佩林桑的力氣不衰或是感歎他的天真，不管是哪一樣都讓他眼眶熱起來，他放棄了爭論，問林桑：「會回來吧？」

林桑恢復了開朗似的又滔滔起來：「要看我這次出去會不會作出讓人家不准我回來的事。七十二年我會回來幫周大姊競選，怎麼樣，你文案磨得差不多，到時候支援一下吧！」

七十二年底，林桑並沒有回來，但真正讓他意外的是康的落選。

那次夫妻倆都去投了票，他投康，直到邊吃晚飯邊看開票時才想起問雲璃投誰，奇怪自己怎麼沒有想到順便拉一下雲璃的票，雲璃不好意思的笑說她投的那人一定落選，那人是一家私立高中的校長，脫黨出來參選的，雲璃大概因爲同是教育界的辦公室裡閒話一句就被拉走票的吧，這在幾年前的他是萬萬接受不了的。事實上，幾年前的他，包括楊莉，雲璃全不知道也從不過問，他和雲璃認識才幾個月就論婚嫁了，像其他初入社會和嘗過失戀苦果的男人一樣，婚姻對他而言不是再一次的愛情，而是一個安分不會來煩累他但又能照顧他衣食的女人，隨時待命在那裡任他予取予求，話雖如此，他這幾年的埋頭苦拚不是全爲了雲璃和大德大勇嗎？

他退伍的時候，沒馬上返家，奧底賽十年歸似的一路從南到北，順道走訪一些因兩年當兵而中斷連絡了的同學友人。

到台中石孝德家是臨時起意的，石孝德大他兩屆，歷史系的，論壇社的人都叫他石頭，是個非常頂眞的人。

他循通訊錄找到石頭位於台中大里鄉的一所私立中學旁的普通公寓，石頭就在那學校教歷史。他去時是星期天，石家卻一屋子學生，石頭熱烈的招呼過他後叫妻子一旁替他泡麵吃，房子窄小不分飯客廳，他邊吃麵邊打量屋裡的情形，石頭正要那些人手一疊影印文章的男女學生作閱後心得報告，他聆聽片刻，猜想是呂蓮幾年前寫的一系列爲加工區女工請命的文章，卻見那些學生嗯啊的講不出什麼所以然，石頭的妻子過來替他收了碗筷，抹淨桌子，也一旁站了聽，她大概有七八個月的身孕卻沒誰讓她坐，他看到座中有一兩男女匆忙中還在玩眉目傳情的遊戲，他不及痛惜石頭的心血大概枉費了，只擔心這些或許不是自願參加聚會的學生去校長那裡打個報告，石頭的工作或就要保不住了，他看到這批小他們一代、吃得壯穿得好、比他們高一截個子的小孩，他斷定他們不是做不出那種事的。

他把自己的板凳椅拖過給石頭的妻子，石妻堅拒不坐的讓還給他，他根本坐不住，沒等他們的聚會完他便落荒而去。

他沿著植滿鳳凰木的公路疾走，不明白自己畏懼的到底是什麼。他想起「進步與貧窮」的作者，美國經濟學者 Henry George，他太太生第一個小孩時他們身無分文，喬治走到路上向他所遇到的第一個面露慈善臉色的路人要錢，告訴路人他的太太分娩，而他沒有任何東西可以給她吃，結果路人給了他錢。亨利喬治後來追憶，若那路人不給錢，他會絕望得當場把他宰掉。

絕對不是替自己找藉口的，他決定不要像石頭或亨利喬治那樣的灰頭土臉，所以他娶了雲璃，懷了大德後，沒有太大猶豫的便投身入當初他，起碼林桑，所熱烈反對的體制裡賣命，連當年在加大校園裡大罵 Fuck 州長雷根的學生，今天都是最擁抱雷根總統的雅痞……但不知爲什麼，如此的歷史宿命仍不能叫他完全心安啊……。他聽剛從美國回來的朋友聊起在超級市場門口看到流放在外的許的演講海報，混在一堆打折的海報裡，沒什麼政治立場的朋友茶餘飯後當個小小笑話說，他想到一度他和林桑和其他許多人，曾把非常大的希望寄在許的身上，簡直神經病嘛！從來沒有一刻那麼輕鬆放心過，原來自己是人，許也是人，大家都是人，他遂專心一致埋頭拚了一個月，爭取到了A牌體育用品的年度廣告，那年因爲他們替A牌設計的CF反應奇佳，使A牌的市場佔有率突破了兩年多的死點，他也才因此得付了房子的自備款額。

林桑回國那年，他們只通了電話，他怕林桑脾性未改，先自嘲道：「我們現在有資格腐敗了。」以前林桑也喜歡引用那句話時做激將時做勉勵：「一個人要在三十歲前不是個社會主義者，這人就腐敗得沒希望了，要在五十歲後不是個資本主義者，那一定是個瘋子。」

「這樣就四年了……」林桑感慨著。

但是他絲毫聽不出林桑的任何言下之意，他努力的應和著：「台灣變了很多這兩年，我是說眞的。」

他的確是說眞的，他們公司大樓對面就是一家麥當勞，不分晴雨假日的總是充塞著各式愉悅、進食的人們，整片透明玻璃牆使得整個建築看似像某種巨獸的縱剖面，裡面充斥的細胞分子如他的大德大勇、如石頭的學生們一樣讓他覺得異常陌生，彷彿他們是操另種語言、另種感情的族類，沒有他——以前的他、林桑、康、郭等等——他們絕對會活得更好，更理所當然，他們所熱烈奔走疾呼努力的全然是那個族類無暇無心一顧的。

「Breathless！」隔著三十米寬的馬路這樣看對面，他時常不自覺的低喊著。好萊塢版的電影「Breathless」結尾李察基爾演的街頭混混傑西被警車團團圍在明亮陽光的街口，頓時響起的配樂是典型悲劇的鋼琴聲，傑西困獸突圍般的吼起 Jerry Lee Lewis 的搖滾，但那歌聲迅速被更大、更悲壯的鋼琴樂聲所吞噬，荒謬極了的絕望。

「Breathless……」他覺得簡直喘不過氣來，「Breathless……」他再試著說一次，耳畔響起一個冷靜卻又親切的女聲：「我們剛幫你動完手術，痲醉剛過，我給你吸一點氧氣。」說完一個什麼冰涼的東西罩在他的臉上，他吸了幾口，才略有力氣再猛大喘幾口。

「你太太等了很久，醫生說她可以進來看你。你眼睛現在上著繃帶所以看不到。」

漸漸的恢復了聽覺似的，他聽到金屬玻璃瓶輕微碰撞的聲音，推車的輪聲，漸近的腳步聲，和雲璃來不及說話的哭聲。

天啊！人生原來是這個樣子的……他莫名的感嘆著。

十日談

「敢是頭殼壞去？」紅猴大爲不解的望著台上的立委候選人黃信祥喃喃自問。

「我是個新窮階級……」許敏輝信口唱著，原歌詞應該是諸如「我是個城市英雄」之類的。車內充塞的輕快明亮的旋律與車外的景觀大不相干，前面路口正因一羣拿標語的男女而塞車。

「伊欺咱台灣蟳無膏!?」七十八歲的陳昌努力的激越起聲音，很想把其實或是因冬雨而致聽者稀落的場面給炒熱，儘管口上激怒自己似的熱烈描述四十年前的那場狂亂刀兵，腦裡卻奇異的浮現出一個遙遠優雅的年代，一樣是寂冷的冬雨午後，他盤坐在榻榻米上憑著窗畔借天光讀日譯的Anatole France的作品，那時他喜歡的還有Jules Lemaitre和Ernest Renan的作品，他很想去法國遊學，稍後他因那場事變坐牢到七五年才出來。

「怎麼會是這個樣子呢？」第五天，黃書婷終於忍不住在心裡慨歎起來。她決定聽完晚上晴光公園那場黃信祥，無論如何就近找家地下舞廳跳它一整晚，那裡雖然永遠是誰也不認識誰，卻都是她完全熟悉的。好比其中有一家的DJ很可愛，每次放「Everytime you go away」那首時，中間他會把音樂暫停，然後全場開心的衆口一致接唱那句主旋律Everytime you go away，那個時候，黃書婷最喜歡那個時候，覺得大家不分男女來歷的，是那麼有默契，知音和同心協力，而未來一切只有光明和溫暖，不會有任何不好的。

第一憨、種甘蔗給會社磅

「第一憨、種甘蔗給會社磅，這講的是日據時代咧，咱今仔日給伊改做第一憨、選舉運動！」

講者大嘴一收，紅猴非常老練的帶頭喝采鼓掌，「這個海口蘇仔實在眞會講，等一下咱叫伊講黑人俱樂部。」紅猴向同來的阿昆和憲仔介紹著，方才心中的不豫這也才稍減了些。

「敢是頭壳壞去？」他仍不解的回憶剛剛黃信祥的話，竟然叫他們不要去機場接「許總統」，而他中午到巷底慈惠宮簽一支時，還聽駐廟做乩童的鷄屎仔透露，千眞萬確的聽講人家「許總統」昨天中午是由美國仔總統親身送去機場送上飛機的，這款架式國民黨敢不讓他回來嗎!?還是趕快聽黃信祥怎麼說。

從龍山寺起他已經跟黃信祥跑了五天了，因此中午出門時被阿珠追罵到躲在廁所裏。阿珠在外面擂門罵陣：「人家雇去做吆嘍仔一天也有一千，你啊檳榔一粒沒通號姑，一選舉你就瘋，我看你準備去火燒島吃免錢飯好了。」

他以馬桶冲水聲打斷了阿珠，告訴她今天政見會就在巷口的錦州公園。「歹看啦，人家來到咱猪屠口，假使沒二三隻貓去捧場，咱做地主的歹看啦。」

臨出門，撈了把阿珠的花傘，不料又被她追到門口罵不歇。「幹伊娘國民黨！」他邊走邊心虛的以口頭禪回罵阿珠。的確光這幾天他就已經搞丟了兩把雨傘，其中一把是老大麗芬的，昨天晚上出門上商職時瞪了他半天：「阿爸，人家那支日本的烏骨傘呢？」

「哼，啥米日本烏骨仔！」他低咒著，不過這阿珠未免太過惡霸，惡霸得與國民黨同款，有嘴講別人，無嘴講自己，「不過，是安怎會變做這款？」他猶在考慮黃放水，不，黃信祥的話。三年前別人講你放水，我紅的還是投你一票，這次運動還未開始我這票打死也是你的，我當你是在台北做大官的大兄，雖然每三年才見一遍，不過這中間我聽你又是去美國讀册，又是美國啥米大官索拉茲來也是先找你才見國民黨的蔣總統，我聽到心肝是有夠歡喜，當做是我自己的光榮同款。

那一年，他和阿珠搬去丹鳳，他已經在做收舊紙和壞家電廢五金的工作，丹鳳的小工廠很多，他生意忙得做不完。可是一下工，大概就是阿珠說的選舉瘋吧，他就駕著他的拼裝車奔馳於縱貫省道上，跟隨著「許總統」轉戰整個桃園台地。

那些個狂飆激情的夜晚啊。他站在萬人群中，遠望台上聚光燈中的「許總統」，他相信只要他當上了縣長，出頭天的日子就來了。夜深他駕車在回丹鳳的省道上，冷雨澆不熄的大聲唱著用四季謠調子新塡的詞：「十一月，時正當，大家來選咱的人，咱的幸福久久長，心情眞輕鬆，許信良，做人不相同，敢擔當，肯幫忙，縣長選伊有希望。」他並且討了一份許的「此心長爲國民黨黨員」的聲明，回家用玻璃紙裱了掛在他和阿珠臥床的床頭牆上，他並沒有仔細看過內文，只覺得那潔白紙上的墨黑毛筆字好漂亮。阿珠嗔他：「夭壽啊！安怎同晚聯同款！」那時候的阿珠，雖然白天在工廠替人燒飯，晚上回家還要忙家事帶麗芬等三個小孩，可是夠力得很，他回味著，他們在那幅美麗的毛筆字下做著夫妻之事，阿珠才生完老三沒半年的腰身仍圓滾滾，卻跟尾鱸鰻一樣溜滑得讓他逮都逮不住。哪裡像現在，身材可以說是不胖不瘦，初一十五去恩主公拜拜時還會搽粉畫眉毛，躺在他身下卻扁扁的，跟尾鯧仔同款，扁扁扁，沒叮動，人家煎鯧仔也要煎兩面，阿珠連翻個身都不肯，實在有夠沒趣味。

「不知是安怎也變做這款……」從鯧魚阿珠想回黃信祥，就在那時陣，黃信祥還曾下去替「許總統」助選過，兩人好兄弟一對的立在台上接受萬人歡呼。他努力鼓掌吹口哨之餘不忘大喊：「拜託講嘎斯的，講嘎斯公司抽頭的！」

不知道是不是黃信祥眞的有聽到，他算起瓦斯公司如何不合理的二十年來賺了每一個老百姓五百六十四元，「所以，如果他們要買票，價錢不到五百六十四塊，咱大家不要賣喔！還要等。如果價錢是五百六十四塊，就將錢拿來，票送給他，然後給他扒頭壳罵他：伊娘，利息還沒有跟你算咧！」

他好不容易等到最後那句，在人堆裡放聲痛笑一頓，笑到眼淚都流出來，而淚眼模糊裡他望了望身邊四周的人們，也是千百個笑開的大嘴，轟隆轟隆，那款爽快，伊娘咧眞正只有第一次和阿珠在床上才比得過。

Check & Balance

許敏輝臨時決定右轉敦化南路，一是因前面續有塞車的跡象，一是乾脆去取回太太良美在皮草店冷藏度夏的兩件大衣好了，雖然眞正冷的時候還早。他隱隱害怕去年的噩夢再現，良美去年去取回度夏的第一件大衣時，又順便帶回一件銀灰色的明克，說是老顧客特別折扣，到底將近他一個月的薪水。加上這附近集結了不少名店，已經太多次，他看著良美新穿上與巴黎米蘭同步流行的名牌時裝。良美最喜歡 Chanel——因爲 Chanel 的款式最不容易過時，雖然如此，不知道她爲什麼每季還買——和 Emanuel Ungaro 的。他望著新裝裡面確實美麗的良美歎道：「Jesus！台灣錢，淹脚目。」良美不悅的瞪大眼睛：「那你們南扶社禮拜六的 Lady's Day 叫我穿什麼？還穿去年那件？」接著他們又掉入以往的老套爭執裡。他說那套很好看，而且一年見一次人家也不會記得；良美氣憤的說才怪，男人記不得太太可記得清楚，並且反咬他一口，爲什麼人家聯宏電子的謝總新換一輛 Audi 你也想換，「你要說面子，我穿得體面也是你的面子啊！」

「美子！」他忽然想到什麼的打斷她，「前不久書上看到我們這種生活有個新詞，叫作新窮階級，很有意思——」

「好了，還你就還你，以後一毛也不跟你拿！」良美把信用卡當頭扔給他，大概眞是動氣了，當他面把新衣服脫下來，亂攏成一團抱往臥房去，他望著良美著內衣的身影離去——那內衣上浮凸織滿大大小小CD二字母，很後來他才知道是克莉斯汀廸奧的——他點了根煙，出神的繼續自言自語：「我們這種人，房子車子都有了，而且不只一幢，一輛，可是都是貸款的，眞是這樣的，王永慶的新朝家具的廣告詞不就是，只要帶著你的太太和信用卡——God美子，我們欠人家好多錢，比那些天天搭公車上班的人要多得多，天啊我們眞的很窮欸！」他驚歎著，但那聲音迅速被空曠卻吸音良好的客廳給呑滅掉。

「If……我是說假如，假如資本主義是 necessary evil……那麼……」他以爲自己又陷入這個命題裡，已經好幾年了，這種思索後來變得像種懺悔儀式似的。其實，那回說這個話的是蔡先生，他有時也跟著人家叫蔡會長，有時也叫蔡老師，因爲蔡是大學時教他國際公法老師的老師，保釣前後離開台灣的。那回蔡是引用華府一位中國通的話，「我們並非全然反對老K，某種程度來說，老K是台灣不可缺少的惡，necessary evil，台灣要生存下去，就不能缺少他。」

那是八二或八三年吧，在LA柑縣的良美表姐家，十來人的家庭式座談會。那天晚飯前他先應良美表姐的邀請參加同鄉會辦的兒童台語比賽，那樣優美親切的鄉音從那些年齡不一但同樣健康開朗的孩子們口裡發出——他慚愧的想到雅雅，四歲了，只能聽一些台語。他和良美都跟她講國語，和一點點的英文——每年到紐約總公司開年會的俗務纏身疲乏的心，意外的被這趟本純是順便的探親之行攪得又動盪起來。良美表姐做主人的因此也很爲他的反應感到開心，邀他晚上做個簡單的演講，因爲他剛從台灣來，而且一向並不容易請到的蔡先生也會來，除了代表感謝他替良美的大舅帶的一筆捐給同鄉會的款項外，也很想知道島內最近的情況。

當晚，包括蔡先生在內的在場的人，密集且熱切的問了他許多關於批康、國民黨權力結構改變、繼承問題、後援會發展得起來嗎等問題，他勉強答了一些，落在這些單一的事件中，他似乎比他們要不清楚的多，他不明白他們爲什麼那麼急切的要印證其實他們已經知道的，他隨衆人吃起良美表姐親手作的中式點心和烏龍茶，懊惱起來，「怎麼搞的在幹什麼這幾年……」

就在這時，不知蔡先生是不是看出了他的窘迫，便說了老K是necessary evil的話，他抹抹嘴看向蔡，這話對當年曾經寫過「台灣人民自救宣言」的蔡來說是溫和得令他很感意外，但就算是這樣，他很不適的覺得好像哪裡不盡如意，「我大伯身體好不好？」良美表姐適時的打斷他，她的大伯就是良美的大舅。在這樣個場合問如此泛泛而私人的問題，他有些無可奈何的配合著聰明的良美表姐，收回向蔡先生質疑的眼光：「有人年底競選國代要找他幫忙，」他回答。

良美表姐邊重新沏茶邊點頭表示知道，這的確不稀奇，良美大舅不只選舉，連平日都常常主動捐款的，他補充道：「是請他上台當助選員喲。」良美這才瞪大眼睛：「ホントウ？」一旁邊有知道的便低語向不知道的介紹良美的大舅，良美娘家是士林老地主，那大舅曾因事變參加處委會坐過甚久的牢，「不過他還沒決定。」敏輝再補充。

「ナルホド，ソウダッタノ……」原來是這樣的啊，良美表姐一旁坐下來彷彿喃喃自語著，臉上泛著一層敏輝不解的溫柔。

當晚他宿在良美表姐家的客房，良美表姐知道他有睡覺怕光的習慣，便把窗簾密密拉上以防次日被天光吵醒。他躺在全黑而氣味陌生的環境，雖疲倦卻成眠不了，那種不知道置身何處的感覺又來了，其實他一年要出好幾次國，在國內也常常南下出差，住旅館的次數太多了，但與這種感覺並不有必然的關係。良美生雅雅，也就是他們剛回國的那年，良美坐月子那段時間他搬到書房獨宿，良美娘家有親戚來照料，他反而異常輕鬆的重回單身的生活，睡前聽音樂，除了偶被紐約或倫敦的公事電話打斷，看一卷NBA帶子，或一些體育汽車雜誌。一次夜裡翻身醒了，突然一個愉悅好聽的男生正操著英文向他侃侃而談，全黑裡還沒弄清楚是怎麼回事，甚至那男子在說什麼，恐懼像一波大浪當頭下來，他以爲置身在骯髒尿騷的紐約地下鐵，而他瞎了眼睛的被遺棄在那裡，事實上他不只一次做過那種噩夢，他本能的奮身起來直撳了牆上的開關，燈光下，原來是在自己的家，原來只是臨睡忘了關ICRT電台……

也不知什麼時候，黑暗中他聽到極熟悉的音樂，他再次躍起身來，並摸不到牆，並摸不到開關，他逃生似的零亂著脚步一陣摸索，總算觸到門把了，門開處，大亮的天光，他赤著脚尋聲前去，原來起居間裡良美表姐的小女兒Jasmin正在看日本卡通錄影帶「機器貓小叮噹」，他常常早上也是這樣子被雅雅吵醒的，雅雅再小一點的時候早上起來喝牛奶時一定要邊看小叮噹才肯喝。良美表姐的老大已經十一、二歲，Jasmin 才三歲，昨天才和良美表姐話家常笑過那麼巧，他們一個在地球這兒一個在那兒，八竿子打不著的兩個小孩，都同樣喝 Similac 嬰兒配方奶粉，Gerber 牌嬰兒食品，Dundee 嬰兒用品，乃至尿布也同是 Pampers，這回連看的電視都一樣，眞是地球村啊……他忘其所以的依立在門邊暗自慨嘆著。

「所以怎麼可能自外於國際社會呢？……」宿醉未醒似的，他零亂的繼續反駁著前夜座中一位人稱胡先生的話，開始他以爲自己聽錯了，「你沒聽錯，我的確是說鎖國，所以我對台灣當然不存任何冀望，依賴性的短命經濟短命文化，你能把你相信的東西建築在這樣的流沙上嗎？」胡先生操著一口與他年齡並不相稱、略有上一輩外省鄉音的國語。敏輝勉強的回辯了一些零碎的問題，那胡先生只篤定的重複他簡單的結論，只有中國有本錢鎖國得起。敏輝不可置信的看向其他包括蔡先生在內的人，蔡先生正戴著老花眼鏡看他從台灣帶來的一些雜誌書刊，絲毫沒被他們的談話所干擾或吸引，座上其他人好像也視若無睹的並沒有一個要參與，「Jesus 什麼時代了還有這種義和團，連毛澤東都死了七八年了，我以爲保釣已經給民族主義送了終……」他不能忍受的在心底賭爛了一串，等不及散會便問良美表姐那胡是幹什麼的，良美表姐安慰他似的笑道：「跟你說你不會信，他是工程師學會灣區分會的前任會長，比蔡先生還早幾年出來的，一個兒子叫新疆，一個叫蒙古，不是小名，是正式報過戶口的，夠不夠？」三點構成一平面似的他忽然覺得可以不用再問了，剎那間竟完全了解那胡先生似的。

「ボクタチ地球人……」小叮噹片尾音樂裡朗朗的童聲齊唱道：我們都是地球人……

台上有人，台下也有人

「以兩年前那次選舉來說，這些怪老子投票時若不去報到是會被取消資格的。所以大家拚命趕去中山樓報到，而報到的人群中，包括有坐兩輪車的『李哪吒』，和用大牀扛出來的『秘中秘』，攏總加起來竟然還少二十九個。換句話說，在要出席的瞬間，已有二十九名怪老子昏迷不醒，呷飽等死了，啊就是按內還沒完喤，從出席到投票，短短幾天當中也許是因爲天氣變化，這些怪老子好像是阿凸仔打越戰，一打又報銷了十五名，開票的時陣，算算二十幾張廢票，奇怪候選人只有一個爲什麼有這麼多廢票？原來這些怪老子，目睭花花，手又抖不停，加上中山樓忘了在投票桌前擺個放大鏡，結果怪老子們選票不蓋，整張桌子卻被他們捶得差點散掉！」

陳昌台下這裡聽著也覺得很好笑，跟著聽者一起痛笑一頓，心中的歉意也才褪去一些。此時謝玉珍捧了一個保溫瓶雙手奉上，是冰糖膨大海，他藉著飲啜它來驅驅半濕了的衣服帶給他的寒意。謝玉珍心細的又撐了把傘替他遮著：「歐幾桑剛剛在台上堅持不打傘，害得我們接下來的也不好拿了，不過效果是眞好。」他想謝玉珍大概安慰他的成分居多，但仍心有感激的替她扶扶正身前斜披的國大候選人的紅布條。這樣溫柔細心的女孩子，上了台的咄咄逼人卻又叫他心生敬畏。他怯怯的再向她提一次：「不要叫我講頭陣好否？」

是眞的，他已經拚盡全力，說的也確實是四十年前的事實，但不知哪裡不對了，在頂好市場的瑠公圳公園也好，在龍山寺保安宮乃至現在的豬屠口，都是一張張雖然仰望著但卻被雨淋冷的臉，茫茫然卻又一個問號也無。他們不分老幼男女省籍，約好了似的一點興趣都沒有，好像他口才拙劣的講了一個跟他們半點關係都沒有的無聊故事。

第一天下來他簡直嚇壞了，甚至想向謝玉珍提議要退出，但見這個年紀在他入獄十年後才生的女孩忙累得自顧不暇，他只好打個對折，提議讓擅講捉鬼的游先炒熱了場子他再跟上。

「歐幾桑，這是我們後生敬重你們前輩的心意，而且選民不能只讓他們聽爽喊爽，咱講民主進步，教育咱的選民也是一種進步對否？」

眞的是啊，游口中膾炙人口的俚俗講詞距離他們昔時熱烈談誦的民主、自由、大正Democracy是多麼不一樣啊……

一個個生的、死的、離了鄉的年輕的臉，在他眼前無聲息的一一而過……モウシワケナイ，抱歉呀……短短幾日裡，他一次次試著將講詞濃縮、改進，努力的化約成幾乎是純感官的仇的痛的恨，而其中那種種繁複的、年輕的、理想的、熱烈的心靈，被他的口吞進不會再超生的歷史黑暗裡去了。

多麼奇怪的世代，多麼奇怪的人們啊……我愈是思考人的生命，我愈相信應該讓嘲諷和憐憫爲見證和裁判，前者使生命和她的微笑一起愉快起來，後者使生命隨她的眼淚一起犧牲奉獻……他默誦著法朗士哪部作品中的片段，這些個日子，他亡魂似的遊走在這個他活了大半世紀卻絲毫不認得的城市，覺得自己彷彿是口誦著清嚴的佛經而行走在五濁紅塵裡的一名行脚僧。

七五年出來後，他未加思索的閉門不出，繼續坐了十年牢，自然當時不流行政治犯是原因之一，另方面，他只覺得自己是個闖入者，闖入他家族，闖入這個社會、人羣，他的不適和惟恐痲煩人家輕易的勝過了所有怨尤。林君、朱君……你們在的話會相信嗎？會怎麼做呢？

林君朱君都是當時他們擬創辦延平大學最力的幾位，他自己是其中年紀最輕的，幾個近中年的男子初戀中人似的天天聚首熱烈的談辯著，現在看來，好像誰也沒有比較對吧。四十年後的中國，兩種中國，距他們期望的二十年內成爲五強之首甚爲遙遠，但某些方面來看，又都分別有一定程度的不容被忽視，誰都沒有轟然一聲的倒塌在社會主義或民族主義或資本主義或帝國主義之前哀哀求饒。

到底是怎麼回事呢？……

其實他已經思索了十年，仍不得其解，只覺時間眞的像個大巨輪，快得早不知什麼時候已經輾過他，而他遍體鱗傷的遙遙在後根本注定追不上了。

「或許，三叔有一點點道理……」他不甘願的承認著他的三叔，日據時代期望光復最殷的人，關於太平洋戰況的種種，都是三叔天天把前夜偷聽的廣播轉播給他們的，三叔是未受過教育的，之所以較他們這批留日的還要關心大勢，乃是因爲他不知道哪兒得來的印象，一念耿耿的相信只要台灣一光復，他便可以自由自在的抽鴉片了。乃至陳儀部隊上來後，只有他一人不對陳儀那些挑棉被鍋子、苦力似的部隊失望，他解釋給他們聽：「不通看不起他們的破傘扁擔，他們練過少林武功的，拿上手都變做獨門的武器，你看他們綁腿那麼大包，裡面都藏飛鏢在內，不然你想日本人是怎樣會殺輸的！」

很後來以後，當然事實證明並不是的。就在事變前不久，三叔臨終前還熱切的要說服他：「阿昌仔，不通看他們不起，眞正厲害的在後面，還未來……」那聽來彷彿是個末世先知的警告，但只有他知道並不是，那只是個好逸惡勞、顢頇無知、過了時的老人啊，他當下深慟的向自己約束，這一輩子，一生懸命的不能讓自己變成……

我有一個夢

黃書婷出了水牛城，只覺兩條腿廢掉了似的。儘管煙薰人氣刺痛的雙眼被夜風清拭得好舒服，儘管冷濕空曠的大馬路很吸引她散步，她還是招了計程車回士林租宿處。

她雖帶了鑰匙，但仍敲了敲門，室友阿婉的軍人男友每周末都來。

「拜託啊!衣服穿那麼慢!」她佯做生氣的大起聲，這一對也的確小氣又邋遢，外面賓館聽說也不用多少錢，兩人擠個單人床下舖，而且她已經陪阿婉拿過兩次小孩，第二次回來時，她瞞過房東用電碗做了老薑絲腰子湯給阿婉補補，「拜託你們算算安全期，要不叫范廷勇用保險套，沒見過那麼懶的!」其實她跟阿婉的交情並沒好到那樣，只是她的東西雜物、尤其是剪報資料實在太多，要重新找房子搬家簡直太龐大的工程了，而且來去幾任室友也就阿婉最能忍受她。

狗去猪來，一個撒尿的換一個拉屎的/majority rule, minority right……書婷把今天蒐集的一大落各式傳單一張張攤開逡巡著，懊喪起來，怎麼學理和實踐之間相距如此遙遠，幾乎叫她要在有生以來第一次取得投票權就放棄投票。書婷並不承認自己是因爲還滿欣賞教她們政治學的楊宗文老師，才如此課後跑了幾天的政見會。她努力反覆提醒自己 John Stuart Mill 的一段話:「在任何政治選舉中，一個投票人須在絕對的道德責任下去考慮公共而非自己的利益，要用他最好的判斷去投票，正如他是唯一的投票人，而選舉結果的決定全在於他一個人。」

可是爲什麼會是這個樣子呢?

子夜已過，應該說是昨天下午了，她準時去了一處楊宗文向她們推薦的數場政見會之一，那是在一個社區公園的溜冰場，場內因下雨積了些水的關係吧，聽者疏疏落落依在溜冰場的欄杆上不肯進場，與台上的氣氛很不成比例。

講者是一名身穿筆挺卻顯見過時西裝的老者，書婷乍一聽不知他在講哪塊，仔細看清了老者的名牌，也是她聞所未聞的。但老者的怨怒語氣引起了她的興趣，她仔細聆聽片刻，大約知道了是在說「二二八」吧，她知道有這名詞，但從沒想過去問父親，或楊宗文，對她來說，太遙遠了，好奇不起來，就如同這老者，是過了時的啊，她只同情這老者的訴求錯誤，她想到上過的廣告學，對，訴求錯誤，今天當朝執政的早不是當初那些個人，今天活著的也當然不是當初死難的，拜託討債討錯門了吧。──「你們眞是沒有歷史包袱的一代啊。」她突然記起有一次楊宗文在講台上不知爲什麼緣故的對她們感慨著，當場她們一群寶貝只覺受不了不過大她們十來歲的楊倚老賣老和文藝腔，一起默契極好的低頭找東西，「找什麼啊？」楊被她們突如其來的動作打斷。「雞皮疙瘩啊，掉一地！」全班齊聲大笑，樂得要死。

後來，她沒等老者講完就四下打量起來。美國政治學家 Normas D. Palmer 在《選舉與政治發展》書中一開始不是如此說過嗎，「在選舉的時候，政治系統是在作公開展覽，即使展覽的那一部分，只不過如冰山露出水面的那一小塊而已。」書婷很同意楊宗文的話，其中的政治系統可擴展到社會、文化的層面去作觀察。

她就近選了蹲在她前方不遠處的三個正大聲說話的中年男人，她貼在他們身後聆聽半天聽出了些端倪，三人是在爭辯到底過兩天要不要去機場接許信良，打個女人花傘的持反對意見，但又說不出個所以然，所以被兩個人圍剿，「不是啦，我也不是講我不支持伊，我是講喔——」另一個男人佯怒的搶過反對者的花傘，以持劍的架式抵著他逼問：「敢放屁，不敢做屁主⁉」三人隨即笑打成一堆，也同時發現身後正傾身聆聽的她，其中一人矯捷的一翻身站起來斜視她：「衝啥？」書婷一時反應不過來，花傘主人也跟著躍起身問她：「敢是國民黨的抓扒仔？」她沒聽懂，而且弄不清他是當眞還是開玩笑，她搖搖頭，答不出話，第三人搖搖晃晃的站起來，看不出眞兇假兇的撂一句：「騙肖！注意不要給我看破腳手。」三人同時意識到她僅是一名弱小女孩，勝之未免不武，俠客一樣的三人一字排開離去。

書婷的恐懼很快就給懊惱取代，民主政治最可貴的，也是它最廉價最悲哀的吧，這樣精打細算，十幾年教育堆出來的見識判斷，竟然也只跟剛剛他們如此思考方式的人等值一票，她想到國民黨籍軍人退役的父親，一定是投票日早上去問鄰長這次他們選區的票是配給哪一個候選人，而在工廠做聖誕燈飾的母親，一定是收下某位最先買她票的錢，然後到時一定守信的老實投給購票主。幾年前她還在唸高中時，聽到媽媽的行爲大爲不齒的忠告她：「所以誰都可以投就是不要投那個買你票的人，媽羊毛出在羊身上啊拜託。」媽媽回答她，在一手交錢時，那位買者曾拉開夾克，亮亮揷在腰際的一尊小佛像：「佛祖有看到喔。」只受過小學教育而且是虔誠佛教徒的母親這樣說。

Necessary evil……民主是必要的惡，楊宗文有次引哪位西方學者的話，她當時一點也聽不懂，不懂到連問的興趣都沒有，只想那大概是某種學術層次上的辯證吧。

「怎麼就眞是這樣了呢？那爲什麼幾十年來幾億人還行禮如儀樂此不疲，是怎麼搞的？……」黃書婷趴伏在書桌上，疲倦得還沒問完就沉沉睡去了。

路有千條

濱海公路其實極其平順易駛，但許敏輝忍不住神經質的又想起胡阿毛來。小學國語課本裡讀來的吧，抗戰時候愛國司機胡阿毛在高喊了一聲「中華民國萬歲」後，連人帶車的把整卡車日本兵駛進黃浦江裡。此後他只要坐在臨海公路的車裡，不論在國內國外，完全沒有道理的恐懼著不要碰到個胡阿毛司機才好。這非關任何一點民族主義，事實可以由他的口頭禪證明，敏輝但凡只要又做成一個有利於外國客戶而不利於本國人的案子時，他都會對自己或別人說：「做我們這一行的只有 Professional ethic 可講，you know，出錢的就是我們効忠的，職業倫理，that's it。」

可是他此刻的確需要壓抑住不知從哪裡隱隱冒出的不耐煩。後座的美衆院助理團的喬治柯爾，和坐在他旁邊卻正翻身與喬治仍KMT、DPP個不停的郵報駐北京特派員易博雅——前天夜裡蔡先生加現任洪會長的先後兩通越洋電話，他只得受託抽空帶這兩位專程來觀察此次選舉的四處看看——他本來以爲一個尋常飯局加一個下午帶他們看兩處政見會就可以打發；沒想到，尤其那位易博雅精得很，昨晚他和良美就近在家附近的「醉月」作東，沒想到那博雅才進門環視一周便做個「Oh my God！」狀，他迅速知道了，那「醉月」是一對心儀中國文化的美籍夫婦開的，佈置陳設非常符合外國人印象中的中國風味，博雅大約覺得自己有被看作尋常觀光客的侮辱，兩手一攤來個義大利式的唱作：「Give me the real Taiwan！」

氣氛既壞了，只能匆匆撤出，敏輝邊開車邊苦苦思索，「眞實的台灣」在哪裡呢，想那華西街觀光化了的台南擔擔麵之類的必定也討不了博雅的歡心，最後只得到一家他和良美常宴客的德國餐館，安撫下博雅的交換條件是，他答應陪他們兩位去一趟宜蘭——大概蔡先生跟他們介紹過他是宜蘭人——博雅一來就要求過：「我聽說那是台灣唯一ＫＭＴ是在野黨的地方。」

敏輝點完菜向他們介紹著，這家餐館的老闆是蔣先生的大媳婦，兩人這才重新露出興味的四下打量起。

「操你媽的Ｂ！」車剛出澳底，一輛大概是野鷄計程車突然橫裡竄出超他的車，敏輝被逼得閃了一閃，兩位仁兄嘩嘩嘩刼後餘生似的誇張大笑了幾聲，邊拍拍他的肩膀慰問著。

像一切服過役回來的人，他很習慣「他媽的」這類外省罵，而他發現外省小孩也喜歡用「幹你娘」、「幹你老母鷄歪」的台灣罵，——他忽然笑起來，想到這些罵詞的字面意義和省籍通婚，不謀而合的這兩者，或才是最融合無痕的吧……不知道蔡先生知道了怎麼想？不知道蔡先生私底下眞正在想些什麼？相信的是什麼？他想起一年多前的二度見蔡先生，他到東京開會之便又替良美大舅帶東西給在Amnesty International日本支部的友人黃教授，支部在早稻田附近，他跟在法政大學教書的黃教授的寒暄中，意外得知蔡日前來東京，且次晚在早稻田有場演講。他表示曾經與蔡有過一夕之談，黃便很熱情的約他晚上一道參加原僅他和蔡的聚首。

當晚他們在學校附近一家小小的日本料理店見，黃喝清酒，並很熟悉蔡的習慣似的指定某個牌子的白蘭地，敏輝喝「生純」啤酒，各自很口渴似的喝了不少才打開話匣。談話中，敏輝才知道蔡是與黃的堂兄頗善，蔡追憶著當初與黃的堂兄在大學裡自己成立的讀書會，「戰後日本人都回去了，師資青黃不接，我們法政科學生不得已只好自己排課程、找老師，找的有些是帝大畢業的律師，還有一個教經濟的，怎麼想不起名字……是矢內原忠雄的得意弟子……奇怪呢，好多名字不記得了……」蔡抱歉的笑著拍拍自己額頭。

此時黃怕冷落他似的問了問他島內的近況，其實他很願意追隨他們在過往的回憶裡，他好奇著怎麼世上總不停止的有像良美大舅、蔡、黃這樣的人，他幾乎不了解良美大舅，提起來時良美總是一翻眼一個無可奈何的表情，而他對大舅的唯一印象就是，他總是謙卑又鄭重萬分的囑託某某物某某款交給某某處某某人——而從沒一次給他自己長年在國外的一雙兒女——然後又很替自己的添麻煩和老年嘮叨再三抱歉致意。

面對黃教授可能只是出於禮貌問候的問話，敏輝卻一時心情複雜得無從開口，蔡卻極多感觸樣的接過話：「所以除了台灣人以外，沒有任何人能代表台灣人發言，沒有任何人有權利要求他們接受任何一種外來勢力的解放。」

敏輝無言以對，黃擔心他聽不懂似的溫婉的解說著：「中國人，總是不能了解現代國家的建立，不是以種族、文化、語言或宗教這些做基礎，而是用共同命運和共同利益作信念，中國人必須捐棄那種陳腐封建的成見。」

敏輝自酒意中努力的振作著：「可是四十年過了，事實上，不分省籍、文化、語言的，我們的確是用共同的命運和共同的利益當前提在決定事情啊……」「不對，」蔡搖搖手打斷他，脹紅著酒意的臉道：「不對不對，萬年不改選的中央民代，他們是失落了民意的一羣……」

接下去怎樣敏輝不記得了，只知道被morning call叫醒時，自己頭痛欲裂的躺在旅宿的皇宮對面的飯店裡。「可是……」車過礁溪，他想到曾是這裡鄉長而今長年在外的張金策、離台灣十五年而沒有、也無法回來的蔡先生……「他們不也是失落了民意的一羣嗎？」而台灣，並沒有如當初蔡所擬「台灣人民自救宣言」中所預測的垮掉——起碼在經濟、物質建設上——不知蔡先生竟是會覺得慶幸、或寂寥呢……

終戰之日

出了投票所，被丈夫紅猴逼來的阿珠老長著聲氣催促丈夫：「紅的，啊你是在生子是否！」

紅猴不理她，站在管區警察身旁朝投票所在的慈惠宮探頭探腦，阿珠因擺過地攤習慣性的怕警察，悄悄的走到丈夫身後再次催促他。

結果紅猴告訴她要在這監一天票，阿珠一聽又氣起來，指指警察質問丈夫：「管區的敢是在這抓蚊子的？」丈夫居然點頭：「伊是稻草人嚇憨鳥的。」阿珠簡直再也想不出激怒丈夫的方法，反倒平靜的問他：「沒啊黃仔信祥一天算你多少錢？」紅猴並不答他，邊注視著投票所邊有一下沒一下告訴她：「替黃信祥競選的海口蘇仔講喔，大家投票了後，一定要留下來監票監到開票，這樣他們才不敢歪哥。」阿珠奇怪著：「是安怎歪哥你敢看得出來？」「看他們有在選舉名冊頂頭 Do Re Mi、滾李仔糖否。」「啥米滾李仔糖？」丈夫沒再回答，阿珠一旁注視了丈夫一陣，覺得這個人變得很面生，「啥米客兄公多瑞米滾李仔糖，號號肖肖！」阿珠咕咕嘟嘟著留下丈夫一人獨自離去了。

書婷邀不到阿婉，獨自回中壢家投票，阿婉家在平鎮，今天男友放選舉假，所以阿婉自然就留在台北了。

回家的車上，書婷一路自我配票著，其實早在聽任何一場政見會前她就決定好了，不論選哪個人，立委國大兩票中的一票一定給國民黨，另一票一定給新黨，給國民黨是爲了要讓新黨知道「民主尚未成功，同志仍須努力」，給新黨的一票是要刺激一下老大年邁的國民黨不可鬆懈——多麼無謂啊，自己這意義深長的一票根本只是幾萬票尾巴的一個個位數啊，單一個販夫走卒、父親、母親或根本從不投票的大哥的不同選擇，就足以輕易抵銷掉她千辛萬苦的用心！如斯的心情下，書婷參加自己成人儀式似的投下了她一生第一次的選票。

許敏輝一家三口睡到近午才起牀，然後像慣常的周末假日一樣，敏輝要求良美燒幾樣台、日混合式的清粥小菜，這大概是他一星期唯一在家的一餐。然後良美帶雅雅去購物擠麥當勞，然後他有些自憐的犒賞自己看一場 Super Bowl，然後，然後像慣常的周末假日一樣……

大概是事情了了的關係，陳昌放心的一覺竟然到中午，這是很反常的，年紀愈大，他一天幾乎只需要四五小時的睡眠。

他未加衣服的一起牀便按開桌旁的14吋 Sony 電視，畫面上是陽光好天氣裡省市各地種種投票的情形，他就近拿過几上姪媳婦已擺好的一小碟蘇打餅乾和乾酪，邊吃邊看。

吃完也不記得電視看到哪裡的拉開房門到廊下立立，花木繁盛的日式庭園裡，姪媳婦的二女兒在一叢科斯摩斯花前剪剪弄弄，看到他，揚聲向他問安：「好天氣啊！」年輕的臉，被地上的白石子映得亮白透明，他含笑回答：「是啊，好天氣呢。」

被抓前的幾日，他已自忖不保，臨睡前叫過一雙兒女到他跟前，昏黃的燈光下，愈發顯得好像矮矮的一對人形娃娃，年幼稚弱得叫他縱使千言萬語也無法囑託他們什麼，他拿出一捲妻子做洋裁的布尺，替他們仔細的分別量了身高，牢牢記下那數字，好像因此能留住什麼似的……他覺得自己那晚的行徑，甚至一生的作爲，彷彿是漢語故事裡那名在船上失劍、而後刻舟求劍的愚人，流變的萬物，究竟自己欲留住想尋回的是什麼啊……

「冬天都沒什麼花呢。」女孩略微苦惱的打量著手中一蓬在他看來其實是很繽紛的花朵。

「這樣子啊，」他微笑著應道，モウシワケナイ抱歉呀，所有的死去的，和不再存在的……

去年在馬倫巴

他最後一次出來看世界，是在動物園大搬家的遊行時。

事實上，那時他站立處已是他所能退守的最後一道防線。他站在自己商店的自動門階上，正透過群山似的人頭，目送著兩隻在生銹的鐵籠中被一輛載卡多挾持而去的猩猩、或人猿總之是種哺乳類靈長目。那匆匆一照面中，他永遠忘記不了他們悲傷洞察的眼神，不禁替他們由衷的喊出一聲：「啊！人！」

那時候，廊階下一位剛剛隨衆興奮的大喊「哇！猴子！」的婦女迅速尋聲回頭，發現是他，便拉著身旁的女兒隱入人叢離去。他也認出她來，住在對街市場擺拖鞋攤的老板娘，那女兒小學三四年級吧，穿雙自家販賣的拖鞋，鞋上有一對芭比娃娃一樣修長光潤無脂肪的腿，之前，或之後，他或曾與她玩過，在她徘徊於他二樓的出租漫畫書堆中，他已經記不清楚了。

後來颱風季來臨之前，他用幾塊在門口垃圾收集點拾來的刻溝板把二樓臨街的窗子全部封死，不是爲了防風，幽暗的室光下，他更可以放鬆恣意的做些事，不致好神經質的老認爲有膽小的女孩會情急跳樓。

其實，I do nothing……，他對空氣很懇切的解釋著，同時注視著又一個小芭比，貪婪的飛快翻閱著那一本本發皺潮濕的書頁，日光燈的灰白不減其唇紅齒白。他立時焦躁起來，以手用力的抓理著頭髮，三點多的寂靜下午，離孩子們的湧入還有一段時間，待他確信已抓掉少說百來根頭髮並親聞其落地有聲後，他拿起一疊十一集的「惡魔的新娘」走前去，攤在她面前，那封面是個姿態撩人卻滿面驚惶的女郎，窄腰長腿上被他修補了好幾道透明膠帶以致好斑駁。

那女孩，偏偏頭透過濃密的劉海看著他，抿抿沒有一絲皺摺的新鮮嘴唇發話：「再給我那一套快手矮冬瓜，你可以摸到……」她抬手看看卡通錶：「四點，我該回家的時間。」因爲判斷不出他表情的意思，再加句：「不然我有個鄰居，她國二有點奶奶了，只要三百塊，你要肯戴保險套，再加兩百，你可以操她的。」

仍然看不出他的反應，有點煩躁起來：「不貴的，他們都是這樣給我們的。」

他立刻知道她是附近山上平價國宅的小孩，幾年前的報上新聞看過她們是這樣結夥強暴那些六七十歲的老頭的。他頓時索然起來，猶疑不決的隨意撩了撩小芭比的制服裙，小芭比不耐煩的速速打落他的手，宣佈最後價碼：「給我一個漂亮寶貝和一套她的選美禮服，隨便你怎麼玩。」並深深看了他的褲腰一眼。

秋天的下午，如此寂寥難度過，他疲累不堪的頹坐在書堆上，掉入深深的憂乏裏，……尋死之外的任何方式他都願意認眞考慮，好比童年時候很長一段時間裏的第一志願：長大後要當個滿街浪蕩的拾荒人，以便看看外面的世界。入學之前，他從沒有出過居住的九龍城寨，以致十分好奇憧憬拾荒的母親及其同業的好多鄰居日日撿拾回來的各種破爛，絢爛美麗的包裝紙，各色寫滿了洋字兒的瓶瓶罐罐，那些他不可知的世界所丟棄的無用之物，乃至過時的舊衣物，他努力以此爲資料去想像描繪外面世界人們的穿著與生活，弄得老是跟丟這個時代好幾年。

受教育後，他仍不改其志，在同學們一片將來要當醫生當銀行家要留英留加拿大的志願聲中，他已觀察好一個日後安身立命的最佳地點，彌敦道和佐敦道口屈臣氏門前的垃圾桶，當然，當時已被一個老婆婆盤踞，老婆婆幾張報紙席地一鋪的駐守在那個垃圾桶邊，白天就在跟前放一個空罐子討錢，沒事一旁垃圾桶裏順手掏些東西估價把玩，有力氣時便拿起內裝幾個港角的罐子搖得好大聲，有次他還眼見老婆婆揉皺張報紙便擱在屁股下拉屎，隨後包妥好方便的隨手就丟在她相依爲命的垃圾桶內，夜晚，加蓋幾張晚報就地睡得好熟，眞是一個吃喝拉撒好自足的世界！老婆婆年紀老了，幾年後他應該可以順利接收她的地盤。他曾經很放心的如此打定主意。

在季節變換的日子裏，他渾然未覺門前一棵行道樹木棉隨四季淸楚的出芽、花開、花落、綠葉、葉落盡……，他完全依賴報紙雜誌上女星們的照片告訴他現在是什麼季節，當林青霞或連電視台身材不好的小歌星們都紛紛穿上泳裝、巴黎東京時裝界在發表次年春裝時，自然他知道是夏天來了。當時報周刊上湯蘭花又穿起各式皮草時，好冷是冬天了。

但他其實絕少想念過過去的一切，在再也不回香港的這些年裏。幾年前，他還偶爾出去看電影時，他想都沒想去看「省港旗兵」，據說裏面有很多場景是實地在九龍城寨拍攝的。

反倒是有陣子報上和電視一連串的一些報導，引發起他很深的懷念，城西一處叫猪屠口的地方，充滿著販毒者、吸毒者、宵小、殺人犯、檢破爛、妓女、種種他太熟悉了的鄉親們……，市議員們大聲抨擊廉價國宅因當初官商勾結偷工減料而產生的諸種問題，內部人家因漏水和排水阻塞等造成的損毀不說，那些防火巷裏的水肥長年積盈有半尺深，因爲太乏生機並不長綠苔和蛆蛆，他幾乎要流下淚來，多麼像他的童年故居！電視採訪記者指著樓梯間角落裏的一堆注射針管給鏡頭看後，隨機敲開一家大門，幽暗窄小的室內，果然應門的是一個瞎眼老婆婆，用他不懂的台語向來訪的記者訴苦，他當然知道她的兒子一定在獄中，媳婦一定跑了或正操賤業，大孫子國中沒唸完在少年感化院，二孫子國中倒是畢了業正晚上唸夜補校白天當黑手，小孫女功課很好或快留級，總之學費就快繳不出了，再小一點的孫子或孫女，她正考慮要不要賣給一對來台灣交換教授一年的德國夫婦。

太熟悉了，以至深深濃濃的鄉愁在他離家多年後初次叫他流淚，好想去城西那裏認祖歸宗、跪下來向什麼東西號啕大哭一場。

但是他什麼都沒做。

日日晨起，趁飽脹著對馬桶上方牆上的一塊水漬印子自慰，有時會被隔鄰一樣是浴室的沖水馬桶聲打斷。那水漬印自然似一個孩童，沒有腰身，沒有胸乳，隱約的兩腿潔白無脂肪。按下抽水馬桶掣時，他總對著轟然激烈的水花告別：「再見我的孩子們，原諒我無法替你們找得母親。」隨後感覺周圍暴響起人們的哄笑聲似的，他爭辯著：「But I mean it。」

但在去年的黃梅季節過後，那水漬一夕暴長成一個瀰漫著酒味的成熟女人，肥腴如馬蒂斯筆下的女人，使得他禁欲了一個夏天，身體因此在那時好了很多，直到遇到透明小蠻女。

小蠻女是在偷那套「透明小蠻女」被他發現的，他當場替她吮乾了嚇哭的眼淚，並把全五集都奉送給她，她不收，第二天同一時間卻來了，拎著一個某某才藝班的帆布袋子，內裝有她自己養的芭比娃娃，他任由她挑用店裏的任何禮服、游泳裝、運動裝、各種髮飾鞋子，她要什麼他全依她。她像個小女兒似的坐在他腿上，專心的替手裏的娃娃脫脫穿穿，彷彿不察他對她同樣的撥弄。

他們每天辛勤的重覆著同樣的遊戲都不偷懶，她替芭比娃娃梳理著長髮，他也把她的兩根蔴花辮解下來，打散了梳理得好蓬鬆光滑，經過她的指點，順便因此學會了編蔴花辮，總在她回家前重新替她打好兩根更緊緻整齊的。

她替芭比娃娃換下一件結婚禮服，他便也褪去她的衣服，清楚嗅到她身上的一股子暖暖的奶香。小女孩，再沒吃飯的肚子也是大大鼓鼓的，他試探著按它，感覺其中的腸子好乾淨健康，她幫芭比娃娃換好一套網球裝，喊冷，他便也重新幫她穿上衣服，仔細的把扣子一顆顆扣好。

她天眞的掀起芭比娃娃短短的衣裙好奇著，他也撩起她的短裙子，然後都同時吃驚各自手下的身體是如此的光滑無性別無器官。

香奈兒安加賀和三宅一生在發表冬裝的春天來臨時，小蠻女來的疏了，但是疏得有規律，他稍微經心，便知道她在算安全期，他很覺悵惘，才四年級，就要開始長脂肪漫長悲涼的人生，又深深心疼她一知半解的幼稚可憐，他們那樣，是決計不可能懷孕的，她一定也跟好多小女孩一樣，以爲精子是有翅膀，是會飛的。

他決定不了要如何與她告別，她待他如父如兄，告訴他許多外面的事情，她的家人、同學、和街上的事，雖然透過她小女孩眼光的描述十分新鮮，卻不知怎麼會跟他想像的如此一模一樣，包括他們喜歡的玩具的排行榜，男孩子聖鬥士字母機器人火柴盒汽車，女孩是漂亮寶貝麗卡娃娃和好貴好淫蕩的芭比娃娃及最便宜才一百五十元的 Candie 娃娃；包括她母親好典型的在開一家只有兩張鏡枱位子的家庭美容院，早先玩大家樂、現在搶六合彩在玩股票

(若她在玩六合彩他很願意定期奉送幾個明牌或公式，因爲眼前好多雜誌裏都有)；包括她抱怨父親說要買車說了一年多至今仍無法帶她們一家人去小人國玩，他知道她父親其實是在觀望進口汽車關稅降5％後還能不能刺激水貨跌深些；還包括他們這條街口那家錄影帶店二三樓整個裝潢過改開MTV，他給她錢的時候，她常會約兩三個同學或鄰居，一口氣看完十來集的港劇，她最喜歡梁朝偉和劉德華(他們一定如他所料的是個gay)，她聽出他話裏的廣東腔，常向他確定一些簡單的粵語，問他「孖」字怎麼發，他說「媽。」她不相信的笑起來，以爲應當發做蚊子幼蟲孑孓中的一個音。

他無法理解他足不出戶兩年，而世事全如他所料。他並不信任每天十來份報紙和每個月每半個月每周湧來的那些大大小小各形尺寸的雜誌(搖搖晃晃吊掛在玩具櫥上風中之燭似的好危險如其內容)，但他皆以作測驗題式的閱讀方式來推敲答案，不知怎麼總能考九十分以上，例如每天晚報來前，他總先解一題數學題似的認眞思索當日股市漲或跌多少點，因爲都答對了，以致失去面對不可預知的猜疑樂趣，只好開始猜當日成交總值，但那似乎更容易。

報紙雜誌上的社會新聞像小說，小說卻癡人說夢似的早失了現實感。

多麼奇怪的世代啊，那麼多荒誕不經山洪暴發般的資訊竟可以導出這麼多自己如此正確的答案。排行榜上的書果眞是最爛也最好看的，最社會主義反帝反美的雜誌登了最多跨國企業廣告，其精美如同其中報導苦難的照片，因此他很想讀者投書建議他們以黑面蔡楊桃汁廣告取代可口可樂健怡，以大同取代PHILIPS，以張國周強胃散取代日商三共胃腸藥，等等；他且自信的把青年日報與民進報放在一起賣且銷路同樣差，以致鄰里長先後來勸導過他有礙觀瞻，但他仍堅持不改因為實在找不出有如此相像的兩種刊物；他且熱心的把所有政論雜誌按政治光譜排列展售，總苦惱的發現每次不是缺這就多那，害他為了分類得認眞的閱讀因此發現它們消失和出現的原因竟都一樣，都宣稱因為歷史階段的任務已達成或將開始而停刊或創刊；他且自覺巧妙的把一份完全拉不到廣告的人文雜誌與摩登家庭並列，認為在裝飾生活和靈魂上它們負有相同的責任。

還有種種他無法歸檔的雜誌，每次有收購舊報紙的拼裝車經過，他都要好壓抑自己才不致脫口喊住那老板把它們全收走。

面對那些無時無刻不在的垃圾資訊，每上完厠所時他都得順便痛敲自己大頭幾下以期把那些不知什麼時候悄悄已然盤踞成山的垃圾給趕出去，他懊惱起來，不知自己為什麼會記得一百年前濁水溪的出海口的沙洲有哪種鳥類棲居，以及英式紅茶歐陸紅茶乃至舊俄沙皇家族紅茶的泡法及其配食點心；他痛恨為什麼要在意道瓊指數日經指數以及OPEC對油價產量的最新協議；他更莫名其妙為什麼會記得蔣彥士楊惠珊朱高正等等的紫微命盤，以至流年暗轉偷換時，他比任何專家學者及黨政記者都肯定蔣彥士不可能出來組閣，朱高正其實好善良坦白正直因其命宮對照天梁太陽，自然他也比張毅知道如何對待殺破狼局的楊惠珊。

他覺得自己彷彿是辦公室裏處理廢棄資料的碎紙機。

因此決定退守到玩具堆和漫畫出租裏，趁十月裏低價批進好多小國旗，凡購物滿百元者便贈送一支。頻繁的進貨出貨中，他竟又從樂高盒子上學會了蔓藤似的阿拉伯文，雖然那只是一句「三歲以上」或「適宜四至八歲孩童」等等。還沒來得及懊惱，發現自己竟在研究M&M巧克力糖的新包裝，專銷往太平洋盆地國家的，因此上有數國文字，光中文就有兩種：「只溶你口，不溶你手」和「只溶喺口，唔溶喺手」，他一面解析著這兩句話的朝鮮文，一面確定自己被一種無藥可醫的絕症猛烈侵襲，但他並不覺絕望和悲觀的舉目四望，隨即被小蠻女喜歡的一盒夢幻禮服所吸引住，盒上寫著「美，就是心中有愛！」，困惑起來，沈沈思索其間的邏輯。

後來再退到漫畫書中，一個下午翻完包括「透明小蠻女」「我的未婚妻」「私立新鮮組」「齊秦的故事」「餓狼一代」和署名青池保子的日人所繪的「夏娃的後代」「黃金人形（麻雀篇）」，裏面的原宿、銀座、上野、高田馬場……不知怎麼也跟他所想像的一模一樣，包括櫻花陣綫時節盛開如煙如霞的吉野櫻、垂櫻、八重櫻……

他乏力的歪坐在書堆裏盹著了，以爲自己大約就這樣的大去了，結果被來送晚飯的隔壁自助餐店老板娘給叫醒，他向她包三餐有四五年了，價錢始終未漲落過，只因年節她會得他默許從店裏挑幾樣玩具給女兒，眼見的這一年來她挑剔起來了，一副沒有一樣東西她看得上眼的神氣，他彷彿也許對她這樣說過：「假使我有賣衛生棉我會送你女兒一整箱。」記不清楚到底說過沒。

「菜又比肉貴嘍。」老板娘偈語般的拋下話而去好費他猜疑，實在她只是常常在雨季過後如此陳述事實而已。

那時小蠻女已經久不來了。

最後一次，在他仍然想不出任何與她的告別式時，她如以往一樣的來，坐在他腿上，掀起上衣叫他看，並叮囑他：「你只能輕輕摸它，不然會有點好痛。」

他並沒照她說的做，只摸摸她的頭髮，近來她的頭髮好油膩，遂當場縮手放棄了玩弄她頭髮的遊戲，感覺到她變得好重，他好吃驚老衰原來就是這樣就是這樣，他對小鑾女說：「你的爸爸老了。」

小鑾女像當初偷書被發現時一樣掉下眼淚，他束手任其紛紛掉落，一面苦苦追索著什麼時候發生過的一模一樣的場景、的人，也是好油膩的頭髮，青春痘老幹新枝共存的好斑駁的臉，一點都不試圖去擦拭的掉著淚，他們彼此驚恐的對峙著，他想起來了，是他大學時代一個名字中有個「玫」字的女同學，想不全她名字了，用了他太多的珍珠膏白鳳丸黃蓮解毒散等，又遲不見他有任何追討的行動（不管是以錢或感情或任何其他可想的方式），被自己滾雪球似的龐大債務給嚇哭了。

他大學時，趁著每年必須回港順便做單幫客，帶進來的貨品很方便的寄賣在學校門口的一家委託行，賺得的錢勉可作生活費，每一個僑生都是這麼做的，但女同學見他好說話不計較又常請她們吃南棗糕瑞士糖，都託他帶一些化妝品手錶皮件並不加價的，好奇怪的答謝他的方式就是老遠見到他時會天真親熱的大聲喊他：「楊叔叔！」雖然他的確姓楊，也確實大她們這一屆本地生有六七歲。

這中間玫算是較不同的，見他殊少上課，考試前會幫他影印好各科筆記，其中幾科其實不必要的，他在暑假從男生宿舍收購來的舊書堆裏發現他修的有一科的影印筆記，學長學弟代代相傳有十五年歷史且據說隻字未改，因此他反倒堂堂去上並印證了授課教授果然說的與十五年前的筆記一字不差。但他沒有婉拒玫的好心，因他知道這是玫唯一能治療青春痘的付款方式。

在此種狀況下與頑強的青春痘搏鬥了四年的玫，負氣似的服盡了他帶進的各種漢方良藥也不見效，大概心知所耗費的早已不是學生式的影印筆記可抵債，裏外受敵的受不了他遲遲未現的追討行動而崩潰的流淚。

結果他以一套麗卡娃娃的傢俬送走了小蠻女，以一種文革後高人輩出所研製成功的內服解毒散給玫，並送她行過夜晚漆黑遍地是情侶的校園，直到目送她安全的上公車，一個人獨自走在寂寞思春令人想犯強姦案的初夏夜晚。

很可怕的事實是不知爲什麼每天會過得一模一樣，他閉著眼睛、他眞的試過閉著眼睛瞎子似的度過一個黃昏而毫無差錯，四點多的時候，會湧進一群附近的小學下課的孩子，有的偷東西有的不，有的偷成功了有的被自己的神經質嚇哭了，再一會兒會進來幾個買晚報的人：等車無聊的五專生，一名白天在開兒童英文會話班晚上在台大地下人行道賣唱的老外，一名以為看報就不致趕不上時代的好學家庭主婦（當然報紙看完順便用做三個小孩次日的便當包裝紙），還有一名夜市攤老板，在開市前讀熟了當日股市行情變化以便與顧客聊天，等等。

近年底時，又多出好多每年此時會露一次臉的附近所有小商家的老板或老板娘，買回一疊帳本，回家好認真的做假帳。也有個小學男童每天來看漫畫前就買包 Salem 涼煙，他很想建議他改抽別的牌子以免將來陽痿。晚飯過後，總會進來幾對携兒帶女住在附近的年輕夫妻，總在他預料之內的從不買玩具，買盒大頭針，而他十分確信這盒針的下場大半是被先生拿去飯後看電視剔牙用；買卷四維免刀膠帶，他彷佛看到太太每晚撕一塊去黏地板上的落髮；買一大疊明信片，窮窮的每一張塡滿了統一發票的通訊獎天啊好想中獎；買幾份明牌，寄回南部給阿爸做壽禮；也有的買張世界地圖，以便確認花了自備款十萬月付三千買的一塊黃金海岸在美國佛羅里達州的哪裏；更有人好正常的買一個用後卽棄的千輝打火機或一張公車票卡，反而好神祕的叫他無法確定其正確用途。

夜晚，山上社區遙遠的路燈會透過窗簾早壞了的窗子照在床上，黯淡微弱得老讓他以為是月光。隔鄰港劇好大聲的廣東話混和著麻將聲和小孩的哭鬧並沒讓他想起香港的上海街、廣東道。被樓上A到底的錄影帶男女呻吟喊叫吵得睡不著的某幾個夜晚，他才會有點點想起香港，夜裏看不出距離比例，對面因矗立在山上而顯得很高的社區燈火好像香港的摩天高樓，他又興起童年之志好想去外面世界浪蕩檢破爛，那個外面的世界，曾因爲他的全然不瞭解而顯得如此豐富有趣意義深遠。

他思完鄉，一隻困獸似的起身重新理理好床鋪，嗅嗅枕頭上因長年累積而泛著甜味兒的髮臭，很感熟悉很放心的入睡，並沒有舔爪子。

這其間，有個母親來找過他，拉扯著女兒，進了店，立在那裏怒視他，一旁矮矮的小芭比滿面啼痕睜大著眼睛看他，他想起她來了，僅僅一起玩過至多三次，好神經怕疼的娃娃，總用橡皮筋綁支馬尾，每次解下她頭髮時總大聲喊叫，摸摸她的胖臉嘴巴時也喊痛，他替她檢查，的確一口爛奶牙，因此當場給她服用半錠普拿騰，和一小管獅王甜味牙膏叮她睡前要刷牙。最後一次來時還送她三十元一小袋的日本進口橡皮筋，紮馬尾時絕不會絞纏髮絲的。

可是此刻他眞是好怕，說不出話來的有點想哭，最想的是上廁所大便。

那母親揚揚手中的東西質問他：「小孩子說是你給她的，你幫我看看你們店裏有沒有丟這個!?」手中之物是個漂亮寶貝，用他給她的日本橡皮筋紮個高高的馬尾按自己的形象。

他微弱的做個無意義的手勢作答：「我店裏從沒有賣過這種娃娃很抱歉。」

她們離去後，他揀了屋裏最陰暗的一角坐下，把自己的一雙瘦長腿收攏進胸前，膝蓋戳著下巴，好想就地吐絲把自己結成一個大繭，好安全好舒服，可暫不用面對死生問題的歇息歇息，他把頭臉也安妥埋進胸口裏，好想念做繭自縛的生涯，這時候，有陣微風吹過——因此沒有聞到已兩個月未洗的牛仔褲發出生命體的味道——中有尤加利樹森森的油烈味……，大學畢業的那個暑假，男同學趕著當兵，女同學忙著面試應徵工作，他仍住在管理甚鬆的男生宿舍，半買半討的從應屆畢業生那裏收購了幾十輛可以報廢的脚踏車，都堆在宿舍前的尤加利樹底下以至幾度引起校警嚴重的關切。他把它們全解了體，分門別類的按零件的新舊程度重新組合好一輛輛外觀果然大不相同的單車，開學時比行情略低的賣給新生，賺了好多錢。

整個夏天和秋天他都好快樂的操此業，簡直想不出有比這更好更有意義的行業。

就在那時候，什麼玫領了第一次教書的薪水來找他，熱烈歡快的喊他楊叔叔，才知道好想念才不過數月之隔的天眞純潔的女學生生涯。見他胖了，黑了，蹲在樹下鐵匠似的露著傻笑，完全提不出任何忠告來，只得邀他在學校附近的廣東館子叫了筵席似的一桌，負氣般的努力吃完，也成功的搶付成了帳，不再欠他任何債務的感覺使她輕鬆到輕佻起來，走在校園裏，朗聲問他：「楊叔叔你不打算回香港了啊。」他抱歉的回了響飽嗝，好想仿效那飲足了酒的武松找棵樹下臥臥，又再問他：「你打算做這些個，一輩子？」他簡直太睏了，只好對周遭的一切東西傻笑，她不耐起來，很覺快意的宣布最後問題：「他們說你是同性戀……也說你以前參加過共青團。你要小心。」

竟然跟他先前預料的一模一樣，不禁索然起來，絲毫沒有猜中謎題的快樂，想不出世間再有任何他想知而不可知的，於是他只好開口邀她跟他一道回宿舍，玫黑裏害怕起來，唯恐被他殺害並遭分屍似的倉惶逃離，他都沒想追去解釋，他原來想送她一輛八成新的高把手單車，顏色是美麗的壓克力綠。

第二天，依例從亂夢中掙扎醒來，他輕易的便起床上廁所順便閉上眼不看牆上馬蒂斯女人的自慰著，用手，自然也尚未長出翅膀，他因此檢視著自己的身體，凹陷的脇下與肋骨間，是個適宜生長出翅膀或角質類或 any other thing 之處，他從筆架叢中挑出一支油質簽字筆，好吃力的低頭在其上做記號，好怕哪天想起來洗澡時洗掉就再也記不清了。

他故意不看鐘，想依生物的本能憑窗外的光景判斷出時間。置有洗衣機和瓦斯桶的後走廊，長年的飛灰累出一層潮濕淤積，竟抽長出好幾莖野芒草，在顏色發黃的陽光裏戰戰慄慄，他認眞的判斷——盡量不受那幅總讓他以爲自己置身荒郊野地的景像干擾——大約是早上八點或近黃昏四點，他都不再看鐘去證實自己的判斷，反求諸己的感覺一下自己腸胃，寂然如水，完全感覺不出飢餓或飽脹，大約這就是要進入冬眠期的預兆了吧……

他開始冷靜的佈置環境，做得有條有理因爲記憶中已經做過好多次以至太熟悉了。

他先拆了包OK綳，把自己的肚臍眼牢牢封上，愼防在他還未做完任何準備前骨嘟嘟的從那兒冒出絲來匆忙把自己裏住不得動彈。然後悠閑的在室內遊走著，發現好幾面空白的牆壁好想在上面著手壁畫但似乎有點來不及了，也想在寫滿了各種人生金句格言待賣的擺飾品中挑一個適宜說明自己一生的，一隻粉紅色的陶質撲滿小豬上寫著生日快樂，一個粗陋的竹燈上寫著好醜的毛筆字「白手成家」，還有個陶瓶上董陽孜式的擠滿幾句宋詞，還有一幅鑲在壓克力框裏的俗麗風景畫，框的右上角烙著個金字「嗨！」，眞玄。都距離自己呼之欲出的理想字句太過遙遠，遂放棄了，改著手其實他最想做的事。

事到臨頭的興奮還是讓他略慌了手脚，他決定不了該把樓下的書報雜誌搬上去，還是把二樓的漫畫書搬下來，且一時想不起來焚書坑儒該留的是醫藥種樹卜筮或是正相反，可是在他看來這些好巧合的正都是不該留下的那部分，於是他開始失去條理的把漫畫書給亂七八糟的踢下樓，媽的良介兄！書頁裏攤著一名睜大著受驚美眸的少女殷殷喚著良介兄，其時好多櫻花瓣紛紛落下，遙遠一個完全照著鄉廣美畫的俊男浮現在少女的腦海裏，「良介兄……」他依想像的仿著日本女性特有的嬌弱發音。「我操你媽的良介兄！」隨後自己粗暴的回答，並努力思索著最髒的粗話來咒罵但並未減緩脚下的行動，此刻這才發現被欺瞞似的痛恨它們給他什麼樣一個奇怪的世界觀，我操你媽的原宿六本木！過往那些個他認爲深深瞭解的名字、地方、人物突然集體叛變他的全變成一個個無意義的符號，他好惶張好憤怒，在這個關頭出這種狀況的確是他始料未及的，只得繼續掙扎的爬向那些書堆，中途撞破好幾個擺飾品，碰散一筒雪白的乒乓球以致它們像他下的蛋似的滿屋亂跳各自已然存活。

匆忙間他發現了自己的生理變化，失了腿手，一時之間說不上是進化還是退化，只單純的想找媽媽，像一頭迷失的小獸似的，放棄一切主張，努力的向光源處爬行。

最後他終於爬到鐵門下的一小方洞了，昂起頭、或有吐著信，警戒卻又滿懷依念的看著洞外的一小方空間，此時有女性哺乳類靈長目拉著一個買菜車走過，因此他確定人類的時間此刻是上午九十點之間，可是好奇怪的太陽只一個卻到處光影幢幢，並不符合眞實世界的光學與物理學，令他想起一張無色彩相片，典型的義大利式庭園，成幾何圖形排列的樹與噴泉與台階之間，亭亭站立著一個female，光天化日之下卻凡事物皆有兩重影子……，他並沒有看過那部雷奈的電影，因此，去年在馬倫巴，是他所記得有關人類世界的最後一個符號。

鶴妻

一切的終止，自那日開始……

起先，我僅僅只是想洗個澡，從妻小薰的喪禮辦完到現在我都沒洗過澡，豈止沒洗過澡，沒做的事可多著呢，例如我把連日來每天換下的香港脚臭襪子滿屋四射，好奇怪的沒有得到任何抱怨的回聲。雖然前天走前再三教我如何操作洗衣機的岳母說過週末會來替我整理並把兒子多多帶來，我一點兒都不想去認識洗衣機，我仿效我那三歲半的多多躺在客廳沙發上乾嚎，果然有些樂趣，但並不很多不很長久，只好決定去洗澡，雖然我沒弄髒自己，只因爲明天開始要上班了。

我找不到放我內衣褲的抽屜，只好忍痛打開回憶重新溫習平日在我洗澡之前小薰的種種行徑：她總在收碗筷時就開始催我去洗了，那時我大多在重新研讀當日報紙的體育版，然後多多開始有點兒鬧覺的把茶几上所能有的東西搞得一團糟，小薰會從後陽台的洗衣機聲中叫我洗澡並管管多多，我會進浴室，但不洗澡，有屎便拉的繼續坐在馬桶上主要仍在看體育版，再一會兒，小薰會輕敲著門催我，然後拉著啼哭並弄髒了的多多進來洗澡，這時候她的臉色大多開始不好，我就棄了報紙立在浴室門口陪侍著，香香的清潔的沐浴好的孩子又讓她好心情起來，總傻傻的問多多：「這個親愛的孩子是誰的寶貝？」並認眞催促在玩海綿的多多回答，多多當然答「媽咪的，」一見我在時，仁至義盡的不忘順口提我一聲，小薰便會丟條大毛巾給我要我幫多多起鍋，冬天時便加句「動作快點不要冷到了。」她隨即走開去，等我幫多多穿好衣服擦乾頭髮，她總會丟過一套我的內衣褲說：「該你了吧！」大概就是那時，她去取我的內衣褲並給浴缸放滿水，她那時彷彿不在臥室所以內衣褲不是放在——她再也不會在臥室、在浴室、在任何地方，除非死後仍有其他世界，以後漫長的幾十年我斷無可能再親眼看到這麼個人了——

因此我疲倦的哭著，邊找著除了臥室以外的所有櫃子抽屜，結果我找到了好多內衣，包括小薰的，和我的，我先不吃驚我的怎麼有那麼多——常更換的五六套外另有十來套尚未拆封的，其顏色、式樣並無二致，我不明白她爲什麼要準備那麼多——小薰的內衣抽屜裡的一片繽紛好叫我陌生詫異，我一一檢視它們，分別是各種顏色的絲質的、蕾絲紗的、和一件讓我看了會從腹部暖暖熱起的網狀全透明的黑色連身內衣，我很確定小薰絕對沒有穿過它們，因爲那種效果——暖黃的燈光下、藏在種種透明、誘惑顏色下的呼之欲出的肉體——雖在各種雜誌電影裡看過太多，但若親眼見過，不可能會記不得的。小薰的身裁很好，總之褪去了衣物就是個女人的身體，但穿著撩人的內衣因而顯得令人心旌動搖的畫面卻是從來未有過的，記憶裡，她總是穿著紛紅或紛藍的細綿布寬睡衣，走動時才會驚起一點曲線，勿寧是個少女的只可遠觀不可褻玩，不是沒想過在她生日或就直接要求她買件性感如這些的睡衣，但總怕敏感若她的會胡思亂想，好比是不是我不再覺得她有吸引力因此對我們的性生活不滿，或她根本就會紅著臉罵我一句「你變態哦！」

——那她買這些又是爲了什麼呢？難道她覺得開始需要靠這些來提高一些兩人的性趣？什麼時候開始這樣想的？什麼時候買的？買了又爲什麼不穿？或只是不在我眼前穿？滿腹驚疑竟讓我拿起它們一一嗅著像隻獵犬似的，但是只有抽屜的樟腦丸味，並沒有小薰所慣用的香皂和體味，其中一件連上面的標籤都沒拆，我斷定她甚至沒上過身，是不是也鼓過好幾次勇氣，趁我洗澡時自己拿著在鏡前比試，大概也怕我罵句「妳變態哦！」，她一定猶疑過好多次吧，並不知道那同時我泡在浴缸裡有時在想著性感內衣中的誘人肉體。我們錯過了多少本來可以更美麗的夜晚。

好冷靜的把它們一一疊好放回抽屜。寂寥的泡在浴缸裡，第一次對認識四年結婚五年的小薰生出陌生之感，這種奇異的感覺竟像鎮靜劑似的讓我在小薰死後第一次渡過一個不再哭泣的安睡夜晚。

第二日下班後，謝絕了幾個好心的同事的飯局，回家老實的把岳母幫我燉的一小鍋豬腳正式吃完，因此我決定看看家裡的存糧狀況以決定明天下班後要不要去採購些東西。

我順利的在廚房流理台上方的櫃子裡找到罐頭和泡麵了——太多了！光我們常用來拌麵的廣達香肉醬就有十來罐，不明白啊，我們三口之家，樓下五公尺之遙就有一家統一便利商店，嫌貴，坐兩站公車就有家大型超市——鮪魚罐頭也有二十多個（小薰常抱怨新鮮魚太貴而多多成長又必須吃魚），不同品牌不同價錢，我好奇的研究起來，不同品牌不同價錢大概是先買了貴的才發現還有便宜的，只好再買些便宜以彌補先前的損失，那麼同品牌不同價錢，我檢視著並終發現貴兩塊錢的是易開罐的，便宜的是須用開罐器開的，那麼還有同品牌同是易開罐卻不同價錢的……，只能說是物價波動後因恐慌在囤積的吧，我彷彿看到小薰站在購物架前認眞盤算著，她數學那麼差，多多一定又在脚下鬧著要買糖或坐電動車，我想到我從不以爲意的窮──除非跟她在深圳開鞋廠的大哥或在銀行當外滙操作員的姊夫比──我要是努力點兒賺些錢，她會不會不需要一塊兩塊的摳、和那麼恐慌螞蟻似的囤積著根本不可能匱乏的糧食。

──天啊泡麵更是有一整層架子，集郵似的沒一個相同的品牌或口味，足夠核戰爆發後我一個人獨吃一個月不會餓死，我不明白她爲什麼要儲存那麼多，因爲我從不吃泡麵，多多也有屬於他自己的大嬰兒飲食，我甚至懷疑這些是否另有他用，若眞另有他用也斷不是我智力所能想像的了。

我默默的掩上櫃門，這陌生的一角讓我對這住了五年的家起了隔世之感。

接下去又是一個快被熱淚灼傷眼睛無法成眠的夜，我一度寂寞得想抱著小薰的睡衣睡，但那些從未看她上過身的內衣，尤其那件還未拆標籤的，擁著它好像擁著一個陌生女子同床，而且那樣的舉止會讓我害怕自己會成個戀物癖，因此我把小薰的睡衣重又收好，順便把那標籤取下，丟前隨眼一瞄，竟要三六五〇一件，是在東區一家百貨公司買的，我恍惚想起小薰有次晚飯桌上好快樂的笑著說今天哪家百貨公司周年慶她買了一樣八折再八折的東西，有次又三折價買到一雙零碼名牌休閒鞋等等，但既是眞正的名牌，也斷無太低折扣的可能，就算是低至五六折也還要一千多近兩千，我不知道印象裡節儉若她怎麼捨得花這個錢，又如何摳得下這樣一筆錢，畢竟我拿的是死薪水，每一塊錢幾乎全部都已安排好它的用途，我也知道有時她攢下的一些零星連同她做小姐時存的一些錢，一直交給岳母放利，但長期下來陸續貼補家用早已成了正常收支，若這些是別人送的也只有可能是親若她大姊，就算這件是她姊姊送的，那其他類似的睡衣呢？我好奇起來，把它們又全翻出來看，一件全透明的白紗內衣是我認識的ＹＳＬ，一件黑色絲質鑲有同色蕾絲的是中文譯名媚登峯的，一件銀黑交織緊身似泳衣的是黛安芬的……，我想都便宜不到哪兒去，完全想不透她這些行跡……，昏亂中，我彷佛看到一個尋常的陽光日子裡，她尋常的牽著多多去巷口的賣菜車買菜，尋常的家庭主婦打扮下躲藏著一顆好歡快的心，我擁有一件世界名牌ＹＳＬ的內衣呢，因此與身邊尋常如她的每一個家庭主婦就不一樣了，不一樣了，也許，她果眞只是應了某些如貂皮大衣的廣告詞：一個女人一生中都想擁有的……

滿懷狐疑的睡著，已是聽到送報生的摩托車聲之後了。

我的遲到及精神不濟，被我的同事們同情的諒解著。睡眠不足的混沌狀態，腦子反倒脫離了肉體似的異常獨立清醒，那個熟得不能再熟的我唯一的家，此刻顯得陌生而不可知，我幾乎覺得今晚回去，出來應門的是一對我從沒見過的夫妻與小孩，我也能接受，我將會禮貌的說聲對不起而離去。

但似乎客觀情勢不允許，岳母打電話來要我晚上回家整理出些多多的衣物，她會叫小薰的小弟來取，並安慰我多多很聽話很乖。

於是我又展開了一晚上的探險。

我當然先打開專屬多多的衣櫥，順利的找到了他一大堆目前穿著的舊內衣褲，但也同樣發現有十來件未拆封的，不同品牌不同價錢以及不同的購買地點。經翻檢一番之後，我漸漸十分肯定小薰的購物習慣：若發現有比她已買了的貨品還便宜的東西，她一定會補買很多，以使損失減至最低，若繼續發現還有更價廉的，再買，以此類推。

眞是傻瓜女人啊……，我隨意拆開一條新的，嚇我一跳的好大一件！一時讓我以爲是小薰把我的放錯了地方，但稍一留心，又發現比我慣穿的成人M尺碼小得多了，我拾回剛扔掉的塑膠包裝袋，上面清楚標明是適於十歲左右的男童穿的，於是我再一一檢視每條新的，發現小自四五歲，大至青春期的男子尺碼都齊全，而多多才三歲半，還沒開始穿前面開口的內褲，我相信若我們有個女兒，她必定連女兒的胸罩也準備有好些件了吧，有黛安芬有華歌爾，有在百貨公司周年慶買的，有的是零碼花車裡低價購得的，但無論如何她是根本無法看到多多穿這些了，傻女人，燒飯洗衣之外在想些什麼想這麼多……

我趕快把這抽屜關上，怕疲倦的淚水滴濕它們。順手拉開第二層抽屜，我看到大大小小各式的新鞋，自然從多多目前這年紀到進小學後的都有，我的天傻女人！我把它用力關上，並發誓若最下層抽屜中是好幾個小學國中的書包我絕不吃驚。

結果是好重的一抽屜的香皂，拿來洗一隻大象都可以用上一年吧，我不耐煩的隨意翻揀它們，都是尋常的美國進口香皂，其單塊價錢大致介於二十至五十之間，可以看出台幣升值和進口關稅降低的脚跡。

我決定弄清楚個究竟，重新認識一下夜晚之外的白日的小薰。

首先我把她的衣橱打開，一股熟悉得令人心酸、只屬於小薰的特殊香味兒沒能阻止我，我驚訝吊掛著的衣服全都是眼熟的，其間並沒有貂皮大衣或什麼的，便把最上層抽屜拉開……

……全是毛巾。

除了小方巾和洗臉毛巾外，大多是浴巾，而且都是全新的，連常被小薰說對美無知覺的我都很看得出它們的好質感與美麗。大多未拆的標籤上說明著它們單位價大約在五六百元之譜，有美國的 Cannon 牌，有去年才進口、密集廣告之下被迫記得的 Martex 牌。

我不明白爲什麼常掛在浴室的浴巾從結婚用到現在、當中已隱有破洞，而小薰不曾換過新的。按這使用比率，這一整抽屜的足夠我們用到老死……我完全困惑的繼續打開下面一層抽屜並打賭不出其中有何物。

是好幾套牀單枕頭套等，一樣全是摺痕淸楚全新的，僅有兩種花色眼熟卻絕對沒用過的，一是很民族風味印染滿了大象圖案的，我記得是去年她跟岳母去東南亞玩在泰國買的，回來曾攤在床上展示給我看並快樂的說了一個她認爲很便宜的價錢。另一套是她大嫂年初去深圳探過大哥攜回贈她的汕頭抽紗。

我跌坐在抽屜前發起呆，愈發不瞭解那麼一個與我同床共枕生兒育子、照顧我、服侍我、熟悉到我已很長一段時間全無興趣探究她、的女人，是不是她也早覺得我已無物可供她探究，以致她其實深感樂趣的遨遊在各個購物場所裡，加減乘除的比較著一袋六包的衛生紙和單包買的哪樣較划算，保衛爾牛肉汁是該買四五三克裝售價三四一元的還是一一三克售一〇九元的……，多多催她買冰淇淋，她其實並不嫌煩的再冥算單位價哪個品牌較便宜。

我癱坐在地板上，不敢打開床下的抽屜，也不敢打開床頭櫃的三個抽屜，怕它們會再次令我訝異的告訴我小薰那個我完全不了解的一面——我想第一個抽屜滿滿是各種品牌的保險套我發誓絕不吃驚，第二個抽屜會是未拆封夠她用十年的絲襪，最下一個抽屜一定是各種化妝品保養品，雖然小薰從沒化粧的習慣。

自行揭露謎底的結果是，不知我該算是猜中三分之一或是之二，最上一層果眞是我原先所猜第三層的內容物，好多的化妝品及多多的嬰兒油嬰兒乳液凡士林油等等，中間一層全是新襪子，但都是我的，且可以推敲出這幾年台灣男襪業的發展史：先是好多名牌仿冒品鱷魚、Fila、Polo……但凡喊得出的都有，我們辦公大樓騎廊下每天中午都擺攤賣的，然後有好貴的三花牌防菌防臭棉襪，是國人自創品牌成功的產品……

最下一層我完全沒摸著邊的是一大堆各種大小家電的說明書及保證書。我一一翻閱它們，重新憶起我們成家近五年的家電史，也才發覺不知不覺中怎麼用了那麼多東西，一份惠而浦冰箱的保證書讓我想起結婚時買的國際牌怎麼那麼短命。我記得她要換新冰箱前曾禮貌的徵詢過我的意見，我也略表盡職的問她可有此預算以及舊冰箱要如何處置。她好像說，舊的要送給正唸大學的小弟及其同學，他們在學校附近合租房子住，並說關稅降低以後的進口冰箱比我們當初買的小多了的冰箱要便宜一些。

那麼這份美國西屋八點二公斤超大容量的單槽全自動洗衣機保證書呢……，也讓我想起我們結婚時她大姐送的一台綠色雅緻的雙槽洗衣機，當時她要更換的原因好像是多多每天弄髒須換洗的就兩三套，用原來的小洗衣機就必須天天洗云云，我已不記得有沒有意見，只想起新的好大的差點後走廊就放不下的洗衣機來後幾天，小薰曾拿一支乍看還好的手錶給我看，說是買洗衣機送的，我當時還取笑她一定是爲這錶才買的，並好奇我和她都已各有不錯的錶，要這種粗陋的贈品錶做什麼？

……想不起她的反應和答案了。於是我粗略的做了個統計，我們在已有BETA錄影機後的很短時間又添過一台VHS，只因爲關稅降低不買划不來；換過一次按鍵電話，因爲那新機的顏色才配新換的椅墊。倒是始終沒用過冷氣機，因爲小薰一吹冷氣便會頭疼，因此有三架涼風扇，一個房間一架省得提來提去，那涼風扇是陸續買的，因此我也參悟出臺灣這幾年小家電的流行顏色，從日式的粉彩輕巧到歐式的簡單大方無色系列；插電熱水瓶有兩座，都是日本象印的，一放餐廳一放廚房，我想原因跟日幣大幅升值有關——不趕緊再買，不知道日幣還會升到什麼地步——我恍惚的想起這個當初曾令我發笑的原因。

還有種種，吸塵器、微波爐、烘乾機、除濕機、及好多更小的家電等等。

我已經不好奇這些開支的來源——事實上，小薰在剛入院時，還交給我一本尙有數萬元的存摺，並告訴我在岳母處還有多少，所以不可能到借貸的地步——我完全不能懂得印象裡平靜平常的她在盤算些什麼，怎麼會像頭母獸似的窮兇極惡經營自己的巢穴，難道我曾羨慕過的可天天閑居家中的安適生活，竟還是會讓她萌生我常有的置身荒原之感嗎？我彷彿看到她生出毛來，長出長長的兩隻角，在一輪紅日將落的荒野上哞哞作聲的覓食，並隨著黑暗即將來臨的深沉暮色不時發出哀鳴，因爲那裡全然找不到食物，那黑黑的樹影細看分明本是毀得只剩樑柱的大樓，而那遍地荒草根本全是斷牆碎磚垃圾，唯一存活的如以往億萬年的歷史是她最怕的蟑螂……，那些個日子裡，我到底在哪裡？在幹什麼？讓她放野牛羊似的自謀生存而還滿心爲自己是個一手擎天遮蔽風雨的雄性……

如此，過去五年甚至婚前四年的生活也變得虛幻不實，我發現對她的了解、甚至相處的時間，都比不上公司裡隨便一個我喜歡或討厭的同事或我根本叫不出名字的小弟小妹，以至每天正眼看她的時間也絕對比不上對辦公室裡那幾名天天換新裝換髮型的未婚女同事。

我試圖回憶我們每天交談的話題與情境，有多多前多繞在當晚所吃的菜上打轉，比如這菜與食譜上的差距、她燒這菜時的種種意外、菜價、賣這菜給她的菜販、討價還價的過程、上菜場來回路上的見聞，等等。有多多後，自然就是這一天內多多的諸般行徑，闖禍的、可愛的……除此外，傳達意見所用的字至多不會超過三至五字，「中飯吃什麼？」「客飯。」、「電話費……」「我明天會繳。」、「那條灰長褲？」「烘乾機裡。」等等。

但其實我們都並非沉默之人，小薰與岳母或姊姊哪怕天天電話也可講上半小時一小時，我與同事講起NBA或呂明賜也能惹得最討厭體育話題的女同事抗議，可是都不覺得有什麼不對勁，或許僅是我如此覺得，而她有另外不同甚至正相反的感覺，但再細想下去，小薰似乎從來沒發過覺得生活單調乏味之類的抱怨，除了癌病發現並病臥醫院的兩個半月間，她幾乎可以說是日子過得很有精神，也似乎不曾爲日後多多入幼稚園後可能會有的無聊預作打算……我糊塗了，不是門鈴聲的打斷，我也不想再對家裡的其他任何可儲物處做探索。

小薰的小弟接過我給多多收拾好的一大袋衣物後，也遞給我一大包東西，語焉不詳的交待著總之裡面全是岳母所準備的各種吃食，見我讓他進來坐，大概是奉岳母之命的反邀我找家啤酒屋吃消夜去，本來此事無可無不可，但我想拒絕不去他反倒會高興些吧，果然他如釋重負的道再見離去，當了兵的人還跟多多似的喜怒形於色，大概也把岳母交代他的種種話語都當場忘光了吧。但我很高興他來的這短短幾分鐘，及時把我自狂亂中拉回到一個雖是最悲傷也最簡單的現實裡，這是我自己的家，花了能掙錢以來所有的積蓄買的，我剛剛死了一個感情很好的老婆，有個三歲半的兒子，我才剛過三十，以後的日子怎麼樣固不可知，但可以確定的是我今晚會好寂寞，好想明天準時到無聊的辦公室，接受同事們小心翼翼察顏觀色的問候，並面色黯然的偷聽他們重複好正常好無趣的種種話題。

於是我打個電話給多多，講沒幾句便被岳母接過去，大概是怕多多的童言無忌會提到我無法回答的傷心問題，因此兩個只能說謊的大人相對無言了。

好半天，岳母瘂著嗓子說：「妹妹在我這裡放著有四十萬，看你要不要拿回去還是繼續放利，她本來想幫你買輛車的，說有一種義大利車年底會降價。」我立刻警覺的遮住話筒雖然僅是乾乾的掉起眼淚，並非為她的慧心所感，而是頓覺深深熟悉並愛上這個我新才結識幾天與小薰同名同相貌的女子。

當晚我抱著一件她的內衣入睡，百般想像著其中本來該有的肉體，因此被自己怒漲的體溫攪得心煩意亂至很疲累，然而我可恥的只做了一個被人請吃飯且吃了好多的夢，眞正期待的那個小薰卻根本沒有來。

懷憂喪志的過了幾天，岳母的東西又吃完了，我開始吃小薰幾個月前儲存的糧食並覺得那其實是極其自然的一件事，我以魯濱遜的心境來估計，那些罐頭泡麵不過夠我吃半個月，而小薰很可能是哪次因大姊開車來趁便一口氣買那麼多，而果然也省得我一個大男人在商店裡大海撈針似的痛苦的找自己要的貨品。

發現了這個簡單且家常的道理，使我異常好心情的決定來處理一下積壓了一個多星期的髒衣服，我且很聰明的自動把枕頭套也剝下來洗因爲那上面有好多鹹淚和鼻涕。

但是後陽台的情景還是叫我小吃了一驚，洗衣機旁的置物枱上放了好多包沒開封的洗衣粉肥皀絲，有一公斤、三公斤裝的不等，有號稱去污力特強或無磷無公害的，還有大瓶小瓶的柔軟精和毛寶浣麗冷洗精等，有上貼特價品標籤的，有買一送一或附贈洗碗精及進口香皀的，存貨或不下於我們巷口的便利商店，陳列也很整齊的就等顧客上門似的。

我力圖冷靜的將髒衣物倒進洗衣機，加了不明數量的洗衣粉，選好電腦自動洗衣程式，開始從浴室逡巡起。

浴室的置物架上有好多種洗髮精我是不意外的，因爲小薰說過結婚以後記憶力大減，遂放棄了靠腦子來記錄生活的種種，而改以香味，她很認眞的試圖說服我說她一聞到露華濃就會想起我們剛結婚時，還有生多多前不是人家送了好多嬰兒洗髮精嗎，誰想到多多周歲內都沒有頭髮，全被她用光了，所以後來只要一聞到嬰兒洗髮精，多多小BABY時候的好多景象，想都不用去想就會浮現出來，和痲油雞的味道以及幫寶適紙尿布裡添加的爽身粉味聯在一起……，接下去的話大概被我的深覺幼稚荒謬的表情給打斷了，其實某方面來說未嘗不合理，有多多不久後，一來年紀差不多了二來跟著小薰看了太多健康保育的書，從那時起，也放棄了欲改變自己時有的躁怒個性的努力，而求助於日服二粒維他命B複方，……小薰的儲存一大堆不同品牌香味的香皀，或也合於她自己的這個儲藏記憶的道理吧。

然後我打開浴室掛浴巾上方的儲物櫃，立時山洪爆發的好多包衛生紙砸在我頭上還是嚇了我一跳，雖然是我早料到的，我把那一包包看得出舒潔在幾個月內力圖突破現有市場佔有率所推出的淺粉紅淺水藍淺米黃以及各色印花的衛生紙塞回櫃裡，不去注意那些沒掉下來但一定是十種以上品牌的衛生棉以及代表著台幣大幅升值之後湧進的各國牙膏及美國寶鹼公司或溫莎大藥廠的種種衛浴清潔用品……，我開始揣測起她如此大量且完備的儲存物資之後的心境，是希望這些趕快用完以便可以再買，還是終於鬆了口氣可以數個月內不再爲這些柴米油鹽瑣碎費心，——我眞的不知道，雖然兩種結論我都願意理解並接受，但是我眞的不知道。

我認眞思索著，若事實果眞是我比較樂於接受且符合印象裡小薰的行事的後者，那麼這其中好多的非日常消耗品也如此大量儲藏著似乎就無法成立了。

於是我急切的開始收集起證據。

首先是餐廳裡去年隨著餐桌一起新置的櫸木櫥，當時小薰曾經每幾天便買一大把野花似的黃色雛菊放在餐桌上，說下午的陽光一斜進來，好像在英國喝下午茶一樣。我雖也覺得這原木色的桌櫥蠻好看，卻不免笑她美容院裡看太多那些看起來在教你如何過生活實則不食人間煙火的女性雜誌。

……我打開好看的櫸木櫥，果眞使我置身異國似的，形容不出顏色的各種桌布餐巾，成套的咖啡杯碟有四組，還有各種形態晶亮的玻璃杯酒杯及紅茶沖泡器，成套或不一的西式餐盤……，好熟悉的好像在哪一家百貨公司見過一模一樣的擺設方式，我隨意拿起一份咖啡杯碟，杯底的花體英文說明著它們是英國骨磁，常識告訴我，這應當所費不貲。

我拉開一張餐桌椅坐下，努力想像著一個明亮溫暖的冬日午後，陽光果眞長長的照進來，照到桌上陶瓶裡野花似的黃雛菊上，然後小薰可能到前陽台把晾著的棉被打一打，可能已把多多哄睡，或任由他自己靜靜的在客廳看一卷卡通錄影帶，於是她進行某種儀式似的隨自己身上衣服的顏色挑一塊相配的枱布鋪好，擺上餐巾和一份咖啡杯、或沖泡一壺茶——櫸木櫥裡一定有好幾罐傑克森或川寧的大吉嶺、伯爵茶等——，也許不怕麻煩的再挑個碟子切塊蛋糕——冰箱角落裡還存有某個月裡曾買兩盒送一盒的德國狄家雪藏蛋糕——，然後不管需不需要，擺盒顏色最好配合桌布更好配合雛菊的化妝紙——廚房櫃裡尙有好多「買兩盒送一卷廚房紙巾」「三盒特價69元」或「一九八八年國際環球小姐指定用品」的化妝紙——，那樣的一刻，環視著周遭她鞠躬盡瘁死而後已所經營的一切，不管咖啡喝完了或根本一口未喝糖也未加的就已放冷了，也許她的心情眞的隨眼前景象變得十分美麗吧……

我換了一個近窗她最可能坐的位子，努力的想像並體會她的快樂，若是遠勝過我在她身體裡時所帶給她的悶喊我絕不吃驚也絕不妬嫉，我只是好想投降，向一個我尙不十分了解的敵人投降認輸——這才發現有點來不及了，身著睡衣和地板拖鞋——我努力把眼前阻止我的咖啡杯盤通通掃落，踢翻一千六百元一張的餐桌椅，蹣跚行經內藏有好多卡夫特和安佳乳酪的惠而浦冰箱以及冰箱上一大盒超群西餅慶祝周年七五折的餅乾，——我好怕它們會約好了洪流滙集似的吞淹沒我——在閃過愛迪生除濕機而險些被門邊一箱或空或滿的將軍鮮奶絆倒時，我及時的拉開了落地門，卻當場被眼前的景象所震懾住，……核戰後的荒原，整個城市沒有燈光只有灰燼和烽煙，因此月亮圓大得像太陽，或許就是太陽的月亮裡，我首度見到我死去一個月的妻子小薰，雖然她一身長毛並生了牙角，但我認得出，她站在一個失了四面牆壁的百貨公司大樓裡四顧張惶著，不時仰天發出哀鳴聲，我完全猜測不出她的心情與狀況，只確定自己於她是全無助益的，因此疲倦的掉下了絕望的眼淚。

新黨十九日

她開始喜歡並習慣每天下午在速食店裡的時光。因爲長年夏涼冬暖的室內空調總使愛坐臨窗位子的她長期下來快失去了現實感，尤其有好陽光的天氣，透過每一小時就有工讀生出來擦一次的白色木框方格玻璃窗望出去，她完全忘了外面夏熱冬涼的現實而相信自己置身的果眞是一個美麗的城市。

她有時獨自一人，有時和才認識兩個月住民生社區的賈太太面對面坐著，桌上的咖啡好香但好難喝但那無關緊要，總之是氣氛裡不可少的一部分。雖然賈太太比她有錢得多，但她們的默契是當日誰的股票上漲便誰付帳，自然事情之前的好長一段時間都是兩人搶付。

她們中學女生一樣的一面吃炸薯條洋葱圈一面搶著訴說上午聽來的種種，好興奮國家大事原來也可以被她們談論，例如那天下午她們談的主題是：郭婉容之所以恢復開徵證所稅，是為了要與她的表哥彭明敏裡應外合一起整垮國民黨。

那前一日的話題是：力主開徵證所稅的是俞國華，目的是要給李登輝難看，要他在雙十閱兵的同時另外得閱十萬名抗議股友。

至於再前一日的話題則是：證所稅的開徵其實是李登輝幕後主使支持的，用意在架空俞國華的財經決策權，至於萬一股市因此崩盤，帳一定會算在一向沒有人緣的俞身上，到情況糟得差不多時李再以救星姿態出面挽救股市。可謂一箭雙鵰。

起初，很長的一段時間裡，她都不敢、也從未一人獨自進過速食店，覺得那裡洋化得像一個外國在台的租界似的，其實她也出過國，咪咪考上高中那年暑假母女兩人參加旅行團去東南亞玩過一趟，泰國住過五星級飯店，新加坡在萊佛飯店飲過新加坡司令，香港時定吾的表弟還請她們在半島酒店喝咖啡，那維多利亞式的裝潢都沒讓她覺得怎麼，只二樓的樂隊正好奏著一首她做家商學生時很熟悉的西洋流行歌叫她好高興，女兒咪咪當然不知道是什麼歌，定吾的表弟告訴她那是首老歌叫做「壽喜燒」，並說當年唱這首歌的日本歌星前不久在日本國內空難死掉了等等，因此三人莫名其妙的只好嚴肅起來爲一個他們都不認識的人致哀。

可是好奇怪的連在香港不同語言、價錢只要一半、因此咪咪大喊一定要吃個過癮的速食店都沒讓她有任何異樣的感覺，反倒回了台北、事隔三年咪咪進大學第一次拿家教費請她去吃家鄉炸鷄時她有種在異國之感，先是咪咪夾著英文點東西，然後被服務生快速有禮的詢問連帶影響的催問她要點什麼，她覺得咪咪變得好陌生，以至她都不敢猶疑問咪咪傳統快餐與傳統全餐的差別，只好隨便亂點。

用餐時她客氣的說著品嚐心得並勉以家庭主婦的眼光表示唯一的缺點是牛油味重了些，咪咪好認眞的分辯起來，說他們的品管非常嚴格，炸油超過一定的時間就得整個倒掉換新，而且從營養健康的標準是絕不可能用動物油的，並舉例她一些在速食店打工的同學親身所見。

她因此有些恍惚也有些寂寞的拿起咪咪說新推出的熱巧克力喝著，並很不以爲然咪咪怎麼會點二十塊錢一杯的紅茶，那一個茶包買起來不用一塊錢，但最讓她吃驚的是，吃完東西咪咪竟然老老實實的收拾乾淨並乖乖拿去丟棄處理，做得好自然家常，因爲咪咪和弟弟毛毛從來在家裡是吃完飯拉開椅子就走的，她曾經命令或要求或甚至在母親節那天都無法使他們破十幾年的例，僅僅只是飯後把碗筷拿到厨房水槽，遑論洗碗或其他家事。

但是四、五月以後，整個變得如此不同。

起先她只是禁不起表姊的遊說，把一筆她根本不想標下但被抽簽分配的到期會款隨表姊拿去買了些股票，然後半個月不到便淨賺兩萬多的獲利令她好奇起來，每天早上好不容易等咪咪毛毛和定吾前脚才出門，她後脚便迫不及待的趕去號子裡。中午十二點下了課似的就近揀家速食店還好尚未吃膩的叫份傳統全餐邊吃邊看報，她通常不管看不看得懂的工商、經濟日報隨意換著看，很喜歡那一面喝咖啡一面看報的氣氛，很像電視裡雀巢咖啡的廣告，也有點像印象裡每天早上的定吾，但是定吾吃的是泡飯臭豆腐乳和金蘭小菜心，且定吾看的是成家以來一直訂的中央日報，直到年初報禁開放經毛毛反覆抗議後才改爲聯合報。

但她總無法忘情以家庭主婦的眼光估計那幾塊炸鷄的成本至多不過二、三十元，還好當天一個漲停，帳面上的多出數千元實在可不用如此計較，而且那些報紙起初她根本就都看不懂呢，只好翻來覆去找尋她握有的那幾家公司或該行業的相關報導。

沒認識賈太太時，她常可如此翻弄報紙其間並不好意思的再叫杯飲料的坐到四點，不久隔窗便可淸楚看到不遠廊下書報攤的晚報送達，什麼報先到便買什麼，因此幾乎沒看過中時晚報。她當然先打開股市分析版，一一印證上午號子裏聽得的各種利空或利多的消息，但往往棄報起身回家時總是更迷惑，例外淸楚的是，她可以十分確定該報的財經記者大概買的是哪幾家的股票。

她總控制很好的在其他三人回家前至少半小時到家，打開所有房間的燈，抽油機開得轟轟響，並確實趕著做晚飯，因此好長一段日子他們似乎都沒有察覺她大不相同的生活，其實已經有好幾年，他們根本就不知道他們不在家的時間她都在做些什麼。

開始覺得有點兒奇怪的還是定吾吧。她從廚房端盤剛炒好的菜到餐桌上，遠遠聽到電視新聞裏冒出幾個她熟悉的詞兒，便忘了其他的立在那兒看，有時記掛著爐上的油還熱著，便要定吾開大聲點她好聽得到，定吾摸索著可能陷在屁股底下的遙控器邊好奇怪的看她一眼，的確自家裏有電視以來，她肯定沒看過的節目就是晚間新聞，因爲那個時間她通常正在廚房裏忙。

有次正在報國際新聞，她忍不住站近電視好緊張的生怕波斯灣又有什麼緊張狀況，雖然她只有一點點的南亞股。那次不僅是定吾仰頭看了看她，連咪咪都很不習慣她此時此刻出現在這裏似的皺了皺眉，見她菜洗一半手還濕淋淋的正滴著水，更不習慣了，撒嬌似的怨怪她

：「媽人家中飯沒吃肚子快餓死了。」毛毛也粗聲附議，三人同聲合力把她趕回廚房。

於是她也自覺有些失職的加緊手下的動作，等湯滾開前的片刻看到映在玻璃上自己的臉孔，說不上什麼心情的對自己做了個頑皮的鬼臉，有些迫不及待的想趕快把他們打發吃完飯，收好善後，趕快上床，黑夜過了她又可以去號子裏看盤，一個上午聽來的話題加起來抵得過她有生以來知道的全部，有荒謬的有有道理的，有她懂的有她不懂的，但那無關緊要，甚至錢，都並不是那麼重要，她短線進出過幾回，本錢不可思議的早已回來，這其中有所謂賈太太那裏某某任要職的親戚傳來的可靠內線消息，也有自己的一番判斷——後來證實是錯的——，但買錯了都還賺，簡直是場幼年時做的撿錢夢，拜託拜託千萬千萬不要醒，哪怕每天只小家子氣的賺個車費加中飯錢加報費就好，只因爲她太喜歡那樣的生活，和那些個美麗充實的下午時光。

有個晚上，她居然等定吾睡了、毛毛咪咪各自回房後，一人在餐桌上攤開她下午買的一本專業財經雜誌，是她做學生買參考書後的第一次買書，因此大爲驚異一百多塊的書價如此貴。

她給自己泡了杯茶，不管待會兒萬一失眠，——其實她都看不懂哩，尤其那些圖表、數字、公式，可是她很有興致的細細咀嚼著那些名詞：美國道瓊指數、日本日經指數、香港恒生指數、野村證券、美林證券（好像胡立陽就是當過這家公司的副總裁）、IBM、日本電信電話、艾克森、殼牌石油集團、伊藤忠商事……，燈下，她眼睛暖暖的感動起來，原來世界如此之大、卻又與她是這樣近，唸唸就都到眼前來，所以她好喜歡和賈太太談鄰居朋友般的你一句王永慶張榮發如何如何，我一句蔡家或吳家兄弟又怎樣怎樣，她們甚至談自己親人似的細數阿布拉除了國賓年底好像要介入太平洋建設股、亞聚陳又開始回老本行塑膠股、老雷最近做的是中纖可是偶爾也碰一碰台塑南亞和華紙、海山劉……、還有威京小沈，重心還是擺在造紙股裏的士紙台紙榮成和南港輪胎上，她尤其把小沈當自家人似的好記得他的種種事蹟，例如去年威京和東帝士搶標八德路一塊唐榮廠地，結果小沈連稅以十五億多得標；還有小沈也是眷村出生，也當過海員，因此她好覺親愛的把他當作是那個自小就保護她也欺侮她、海專畢業跑船第一年就死在海上的唯一弟弟的後半生，好光榮的很以他出人頭地為傲，因此曾忠實的跟隨他買台紙士紙，乃至小沈後來自組一家證券公司，她還感情用事的次日便跑去開戶，雖然那兒離她的家要遠多了，搭公車甚至還要轉車。

這一切，都讓她有了年輕、並且成長的感覺，好幾年來她第一次覺得每天認眞看副刊和影劇版的大學生女兒原來還是比她幼稚，還有大她十歲、從結婚以來就事事教她像教他的學生們似的定吾，絕對不會知道美國中西部穀物今年是豐收還是旱荒，也絕對不知道張榮發是當今全球首屈一指的航業鉅子而非歐納西斯一族，雖然定吾是教地理的；她更不怕只要毛毛在家便開著不停的ICRT電台，雖然她依舊聽不懂，但她一定比毛毛知道什麼是GATT、OPEC或NICS（起碼字面上的意思）……

她覺得才不過幾個月來，自己偷偷長得好高好大，好像回到青春期時代每晚洗澡時的打量自己的身體變化，好陌生、可是大概是好的吧。她掩藏一個謎底似的仍然日日如常面對家人，時時要忍住快漏出來的笑意，覺得自己好頑皮、好快樂。

但是那之後，整個全都亂掉了。

回想起來她算運氣好的，居然就在那天一來基於數日來居高思危的心情二來早答應咪咪要趁放假幾日逛遍一定會打折的百貨公司而賣掉了一些股票。然後中飯未吃的便趕回家，因爲是星期六，咪咪和定吾會回去的。

結果過午不久便和早已等不耐煩的咪咪出門了，市區裏的車輛反常的少，大約都出城度假或回南部，但百貨公司卻滿滿是人。她看不得咪咪那種在化粧品專櫃前流連不去、好像幼時看到別家小孩吃東西的貪饞相，便隨她意思買了伊莉莎白雅頓的口紅、腮紅和眼影，說有打折結果仍只是贈送香皀，好貴！但一旁照樣好多太太小姐買起保養品一買就是全套並面不改色，她友善的對她們匆匆一笑，很容易斷定她們一定都是她的股友們。

付完帳，咪咪吃驚高興得臉兒又紅又燙，她看了頓覺咪咪變得好幼小可憐，便提議去體育用品部給毛毛買雙鞋並允她自己也挑一雙，雖然家裏的鞋櫃有一大半是被她的各式鞋子佔滿。結果咪咪自己挑了一雙又不肯打折的旅狐休閑鞋，試穿時遲遲決定不了要綠色的還是黃色的，她一旁等著好高興自己大方的並沒有被那幅廣告海報的男女挑逗姿勢給弄得臉紅，於是一口氣要店員把兩雙都包起來，並又給毛毛挑了雙 Reebok。咪咪大概是奇怪她的金錢如此充沛，竟一反在家的跋扈，對她認生且羞怯起來。

於是她又好心軟的請咪咪到地下食品街喝咖啡吃蛋糕，並隨這些日子的習慣想買份晚報，但經過該有賣晚報的幾個販賣點都說賣光了，她當時還無甚知覺，只喝咖啡時習慣如在號子裡似的隨時全副警戒豎耳聽壁角，於是她收聽到了一些憤怒咒詛的字眼，對象是郭婉容、俞國華、李登輝、國民黨、武則天、慈禧太后、毛婆江青……，這些破碎的字眼絲毫拼湊不出任何訊息，但她仍毅然的決定中止要替定吾和自己買些東西的下半場逛街而打道回府。

家裡定吾正在看電視新聞，她好自然的問定吾有沒有什麼新聞，定吾說：「這郭南宏說高速公路不收費，還不是老樣子塞得一塌糊塗，還好這個中秋不用回你家。」

她只好問定吾：「我聽到街上有人在說什麼郭婉容……」定吾隨即潦草的告訴她下午財政部宣布明年要恢復開徵一種股票的什麼稅，於是開始罵起玩股票的人。她想大概就是前不久號子裡盛傳的證所稅吧，她第一個只想到從此大概無法瞞住定吾她也在弄股票的事了吧，有些憂煩起來，顧不得咪咪在一旁的深深注視著她。

接下去的連續假日怎麼那樣漫長，咪咪和毛毛比正常上學日還要早出晚歸的在外面瘋，定吾老僧入定在家電視從早開到晚，因此她照顧一個大嬰兒作息似的侍候著定吾無法抽身出去，就算出門去得了，號子也休市四天，賈太太那裡她這才想起雖然兩個月來熟得老同學似的但交情結果也只限於號子和速食店裡，並沒有彼此家裡的電話可奔走相告一下，她覺得自己像失了群的某種飛禽，有些孤單失落，好想念群居的日子，因此一到晚報出報的時間便趕快去買，覺得那是她和這世界的唯一聯繫，但原本只是略為寂困的心，卻被報上官方一片安慰解釋之聲弄得好慌張，原來事態可能眞的會變得很可怕，她暗自盤算著，雖然本錢早回來了，而且就算被套牢也不是借貸來的錢，何況她持有的大多是績優股，或許忍耐熬過一長段時間總有回升之日吧……，可是大概還是不能這樣計算，否則那日和咪咪的亂花錢就花的是自己的了，好夢方酣，多不願意這一切、這些個日子以來的生活被改變。

她乏力的坐在靜黯的餐廳忘了開燈，彷佛又回到這十幾年來的生活，永遠屬於這屋子這家裡最幽荒的一角，以前她並不在意，現在想起來卻不耐煩不甘願了。

假日的第三天，她認眞而定吾瞌睡懵懂的一起看完了電視現場轉播的財政部記者會，並非受定吾影響的，她也覺得郭婉容「有所得就該繳稅」所言甚是，也很安心現場有如此多的記者比她緊張萬分，所追問的問題也遠急切過自己，而定吾的心情似乎很好，頻頻歎道：「就是該這樣做，否則我們這些拿死薪水的快活不下去嘍。」

她說不上什麼心情的略微有些不好意思，起身去廚房準備晚飯。

當晚，沒想到表姊來了電話，快哭出來的聲音說：「你看她還一直笑，還笑得出來！一定是和倪文亞星期六就全部賣光了。」

她才知道表姊罵的是郭婉容，便問她被套了多少，表姊痛喊起來：「本來上禮拜三才差不多賣光光，禮拜五聽她在立法院說還不徵那個稅，我禮拜六聽人家說了全部給它買台鳳的買到還好高興，完了我下半輩子要當台鳳的老板娘了！」接著隨即要她今後幾天全天候待命等她的通知上街頭去，她覺得不可思議，表姊罵她：「你還眞聽那個瘋女人的話哎呀什麼上街頭難爲情，難爲情，當然她自己先溜乾淨了。」

接著告訴她一大堆大戶如何得內線消息早就跑個精光的事，好比老雷前一陣子竟在行情大好時天天大殺中纖股，就是國民黨給他以往愛國大戶的酬謝；還有最可靠的是黨政關係一向最好的遠紡徐有庠向來喜歡自己的股票漂亮，可是上星期在旗下的亞東證券大賣了兩百多萬股的遠紡；辜家的中信從九月中旬起每天都在大賣，國信週六中午只兩小時就賣出六億多，還有榮安邱早幾個月前跟中央黨部要員打高爾夫球時，就已獲得「這回不要再玩了」的確實消息，兩星期前把台鳳農林股早出光了，「只有我那麼傻，居然一點消息都沒有，跑去當台鳳老板娘！」

亂糟糟的接不上話中，她居然還匆匆想到威京小沈，不知道他也適時的跑成了沒，表姊聽她半天沒聲響，罵她：「你知不知道這次就是國民黨等著看好戲，看那些做官的和大戶財團聯手宰我們這些散戶，所以我們散戶要大團結，不要急著賣了中計，你整天沒事最應該上街頭，我老公國民黨的也都要翹班幫我們去鬧。」

她訥訥的問著：「可是我們要說什麼呢？」

「取消徵稅啊，要不就休市，什麼有所得就要繳稅，根本擺明了要打壓行情嘛，我老公說，國民黨這招是學黑道勒索六合彩贏家，把人家冒險賺來的錢提高抽頭坐享其成撈光光。」

她這也才覺得事態有些嚴重，乖乖的應答：「我後天一早會去號子裡看看。」

表姊再三約束她：「千萬不要掛藍單，我們打算成立個自救會，第一步就是大團結，不要自己洩了人氣，必要時拉你家咪咪毛毛一起上街，反正眞崩盤了全家誰也活不成！」

起先頭一日還好，雖然果然長黑收盤，可是號子裏滿滿是人跟行情旺的時候一樣很熱鬧，一家人討論家中大事般的有說要仿效去年崩盤時去錢純家丟石頭的去郭婉容家，便有人接口郭這回是靠俞國華背後撐腰所以該去俞家扔石頭，但也有人說眞正主使者是李登輝，那麼就要好好準備到雙十閱兵典禮那天給他好看，也有的說哪還能等到那時不如先分頭打電話給所有的號子立委、要他們在院會內聯合砲轟郭婉容下台或起碼取消恢復課稅、不然明年選立委一票都不給他們，於是更有人主張打電話給各報的財經記者明天報上立即見效，反正他們大多也遭套牢，更多的堅持求助於民進黨，「國民黨不要股票，我們就不給它選票！」一個跟表姐年紀身分相仿的女人大聲喊出結論，引得了全場喝采。

接著有個男人趁熱宣布明天上午十點半在立法院前集合，並激大家別的號子今早已經有好多人去了，只有我們這家沒有。

於是那日，她和賈太太如常的中午離開號子後便在附近的速食店裏盤桓，認眞的討論上午的話題。賈太太有近千萬被套牢，還好那筆錢據當初她的說法是她先生給她玩的，隨便她要老實買珠寶細軟或出國旅遊什麼的，任她花用總之弄光了也就那麼多，她先生倒看得眞開，因爲賈太太最後持有的都是台塑南亞績優股，她先生說早晚總會漲回來，「假使連王家都垮了我一千萬也認了。」賈先生如此說。

因此她們反倒落落大方的不動氣，自覺很像印象中各自丈夫在男人堆裡聊天的景象，賈太太甚至勉強說英文：「所以你看這 Shirley Kuo 根本沒把她老公放在眼裡嘛，不然星期五院會裡那些立委問她證所稅的事她咬死不肯說，第二天卻主動召開記者會宣布，還故意不在立法院，存心不給她老公面子，想想也是，當初三十幾嫁一個大自己二十幾的老頭說什麼也不是十幾歲小孩的不顧一切，所以是早算好的，有朝一日爬得夠高時就來整國民黨吧，說好聽是跟西施一樣美人計。」又說她先生大學裡還給郭的表哥彭明敏教過，好像家裡有一本彭所寫的書，答應明天帶來看看。

那日的奇異的結論竟使她帶著一顆很柔和的心返家。做飯時聽到定吾一面看電視新聞一面痛罵，並要一旁的毛毛替他牢牢記下立委的名字，「媽的這些股票立委，老子下次一票都不投你，這種敗類丟盡我們國民黨的臉。」正在看報紙的毛毛也在附和但罵的是報紙記者，她侍候他們用餐，沈默不語的覺得面對面坐著的自己丈夫和兒子變得好陌生，並奇怪著十幾分鐘前還痛怒的定吾怎麼此刻正涎著臉問她好久沒吃紅燒獅子頭了，那一刻，她好同情郭婉容，忍受大自己二十幾歲丈夫的老來顢頇的痛苦，應該遠勝過才五十出頭的定吾所帶給她的吧……

次日，號子裡的人開始稀了，她和賈太太不等收盤就去喝咖啡，邊亂翻著賈太太帶來的書，好奇一向足登起碼兩寸高跟鞋的賈太太今天怎麼穿雙簇新的球鞋，她多看了一眼，認出是咪咪替毛毛挑的那個Reebok牌，賈太太笑起來，說自救會的講這幾天隨時可能會有狀況，主要還要看中南部的投資人什麼時候上來，「萬一到時候警察追才好跑啊！」兩人偷偷笑得東倒西歪，不知爲什麼好期待好快樂，好像回到小學遊藝會的表演前夕，於是也打定主意明天跟咪咪借雙球鞋來穿，並越發堅信證所稅的開徵是郭婉容和彭明敏島內外聯手打算整垮國民黨以便於海外台獨組織的接收……，但如此的結論亂亂的想不出與今後自己利益或這群股友或相反的定吾那邊的人要如何調理清楚，只肯定好同情彭明敏的失去一條手臂，雖然那是美國人炸斷的，且是在日本，並不關國民黨的事。

於是賈太太開口提議去立法院前看看有什麼狀況也算盡些力。如此的心情下哪想回家，便欣然同意前去。

結果等賈太太取了車並上路，兩人才知道彼此都不曉得立法院在哪兒，不知這事爲什麼那麼好笑的笑不止，只好接力著回憶電視上幾次在立法院前鬧事的都是把市議會前的圓環堵得個大癱瘓，那麼到了市議會再下車步行，反正哪裡人多就往哪去。做好決定，兩人繼續笑得快歇斯底里，只覺得好興奮、又好可怕、也有點好壯烈。

她們自然很快的就找到了立法院前的人群，人雖然好多，卻各自三五成群的站著聊著，並無印象中會有的若何激烈行動。

她和賈太太四處遊走著，只要哪裏有人大聲講話她們就趨前去，例如好幾個戴著墨鏡但仍被賈太太認出是某電視台的演員和歌星，其中一人忿忿的說道：「繳這個稅我不反對，可是政府這樣偷偷摸摸就不對，防我們跟防賊一樣，下次再有什麼總統府升旗什麼團結自強大會我絕對不那麼傻還去參加，他們給我們什麼回報，消息都不肯先透露一點兒！」

她和賈太太無法附和的互望了望，順手接下一名口呼「郭婉容下台！」但已快喊不出聲的中年男子散發的傳單，下面只潦草寫著：要求郭婉容自殺以謝國人，郭婉容電話七〇〇六九六六，地址台北市敦化南路五三九巷十一樓之一。賈太太看畢很覺幽默的說：「幸虧他們命大住十一樓，雞蛋石頭丟不上去。」

此時一名同號子裏的熟面孔男人看到她們，便主動前來搭話且問她們來多久了，她們說才剛到，男人便熱心的報告戰況，說剛剛朱高正也被喊出來啦，有什麼用，平常那麼神勇現在一看到我們就跟看到大便一樣唯恐沾髒了他，一點都不肯替他們出氣，「我就說請願書上幹嘛都寫民進黨的立委，什麼民進黨國民黨，找被套牢的就沒錯，也不用那麼多，一個許榮淑一個吳德美就好，愛錢的女人叫起來比誰都兇，管他花貓黑貓、會抓老鼠的就是好貓。」隨即意識到她們兩個正巧也是女人，會站在這裏也一定是被套牢的，便客氣的邀請她們去前面簽血書，一人只需5CC血，她們同聲說好，趕快隱入人群中，差點撞到一名舉張蔣經國遺像的白髮老頭，老頭唸經似的逢人就說：「要是蔣經國還在，一句話休市就休市，延長一年就延長一年，問題早解決了才不會這麼亂！」這才發現他所舉的木牌兩旁還各有一行毛筆字：返鄉費套牢，國民黨跌停。

兩人都同時發現有人朝這裏攝影，趕忙推開彼此，事後並約定隨時提防再有任何相機或攝影機，「我老公要是在電視上看到我不瘋掉才怪！」賈太太有些撒嬌味道的說。

她也想到萬一被定吾看到那才不知道會出什麼樣的狀況完全不敢想下去，於是一起往人稀處走去，那裏有好多小攤子，賈太太搶掏錢買了一人一枝沾滿花生粉的豬血糕，不自覺的邊走邊吃逛起其他攤子來，都覺得很像小時候過年的氣氛，而且垃圾竟可順手亂丟，更像在廟前看野台戲時一模樣。

但愉快的心情迅速被那書攤上各種聳動驚慄的書名字句給嚇光光，翻都不敢翻的只得又趕忙朝人多處擠去，那裏有名好像在報上看過的面善男子正拿著麥克風立在略高處演講，他以台語說：「過去咱攏只關心自己的利益，每當別人受害，別的團體在抗議，我們都不關心，農民五二〇抗議，我們會說自己種水果了錢還要來抗議，股友今天抗議大家就罵他們投機愛錢，其實咱大家攏是國民黨的受害人，咱大家應該團結起來，有一部分人受害，大家都應該支持他們的利益，建立一點整體感。」

她聽了也忍不住隨衆鼓起掌，認爲這是這些個日子以來說得最有理最大派的話。繼續聽講中，有人一路散發過來並遞給她和賈太太一人一支小旗子，面對手中那支綠白相間的小旗子，她乍然滿臉通紅但說不出是什麼一種感覺，她望望賈太太，賈太太也有些發愣，隨即開玩笑似的舉起來亂晃兩下，笑著說：「管他的，誰幫我們說話我們就靠誰。」

此時小雨落起，氣氛卻轉熱烈起來，有人站在高處揮著大些的綠白旗子高呼：「郭婉容下台！俞國華下台！」

她和賈太太也搖晃著手裏的東西同聲喊起來，隨時有一大片噓聲和吆喝聲，她尋聲望去，見一警察高舉警告二字木牌，上面小字寫著「行爲已違反動員戡亂時期集會遊行法，應立即停止並解散」，左下方是警察單位及年月日時等。

她和賈太太見了當下也噓起來，此時有人重振旗鼓高喊：「民進黨萬歲！民進黨萬歲！」因爲那入雲霄的聲音實在太大了，事後她竟完全想不起到底自己喊了沒，只回家前發愁要如何處置手裏的小旗子，……最後決定不帶回去，趁橫越馬路時偷偷扔在中山南路的安全島上，很容易便被爲了十月慶典而插滿了的國旗旗海掩蓋住了。

當天晚上，電視新聞果眞有播出下午立法院前的那一場。她遠遠立在餐廳一角愼防萬一螢光幕上蹦出自己搖小綠旗的鏡頭好預作準備。

定吾邊看邊對毛毛罵：「我說國民黨已經夠笨了還有這什麼民進黨也這麼笨，這種唯利是圖的選票你也要，除非股票一路跌到明年選舉前一天，不然只要一回升他們比誰都現實、還不趕回號子去，比誰都怕亂，亂黨亂黨，到時候一有錢賺你看他們比誰都怕民進黨，恨不得離得愈遠愈好！」

看報紙的毛毛也搭腔：「對啊，我們歷史老師說國民黨是股票黨，民進黨是投機黨，我們公民老師說李煥這下可慘了，俞國華這次事情從頭到尾都不買他的帳，不過最高興的一定還是李登輝。」說完怪笑幾聲。

不僅她聽不懂，連定吾也很煩躁的答不上話，只得把香港脚抬到茶几上一陣猛摳。好在鏡頭早已經離開抗議現場、移入立法院內，一名立委正激動的大力抨擊郭婉容，名字打出來，她認出熟朋友似的脫口而出：「這是大順證券的老板啦。」又換一個立委，見了名字她又好高興的喊道：「這個是板信的老板。」再換一名好兇霸的女子，她也認出來了：「是寶來的……」差點說出來就是打算向她請願的。

定吾聞聲回頭看了她半天，很沒力氣的呵斥她：「你不要什麼都聽阿梅亂講。」阿梅就是她那表姐，早以玩股票聞名於他們一家。

於是她趕緊收斂起來，回厨房繼續那好費工夫的紅燒獅子頭，猛然之間，呼一口大氣，深被自己連日來的大膽行徑嚇一跳，搖著一面有別於國旗的旗子在街頭人群中呼口號，是幾個月，甚至幾天前她想都想不到的事，但那滋味似乎並不壞——手下不忘記把鹽的分量下得很小心，定吾年過五十後開始很留心這些——勉強調理出的有新鮮、刺激、冒險、自由，而且好像與經國大事有那麼一點兒關係，當然最順便最希望的是因此能回到這一切混亂之前的那些個她深喜愛的日子，美麗而充實飽滿。

於是接下去的日子，要不就是早上去號子打個轉——那裏通常只有一些新貼的各式標語，例如該日出現一張「股票對折出售，請電洽」，以及人潮退盡因而顯露出來的幾名中興保全警衛——然後速食店裏吃早餐看早報，下午去街上搖旗吶喊，或顛倒過來，上午去遊街，下午看晚報喝下午茶，端視當日街頭活動的時間、地點而定。

她甚至在一個星期三上午去了國民黨中央黨部前，希望能親身向來開會的黨政要員們表示抗議，但只老遠的看到好多黑頭車魚貫駛入駛出；有天他們激動起來差點闖過正搭建的閱兵觀禮台而到總統府前，但卻適時的被各種警察攔住，因此決定去李登輝官邸，才走到弘道國中又有人倡議不如等次日會齊南部上來的兩千名股友再說。

還好那幾天天氣實在很好，她清爽的穿著咪咪的球鞋，隨身提包裏裝一些水果零食，在城中區四處遊走著好像小學時的秋季遠足，那十月光朗的氣氛使得附近囤滿待校閱的各個兵種所不時發出的轟轟軍歌聲才沒顯得好肅殺，這其中若有任何擔心處，就是希望學校就在立法院不遠的毛毛不要哪天在路上碰她個正著，因此她回家前一定仍狠心的把那拿了一日的小綠旗扔掉，所幸第二天只要街頭一站總很快的就能得到充沛不絕的補給，有天她還多拿了方布條，上面墨汁淋漓好慘烈的一個「恨」字，她也因而有些難爲情起來——邊想邊接過一名民進黨市議員宣傳車所散發的豆漿與麵包——決定明年年底的選舉（不知是選什麼，立監委或市議員縣市長？），她一定要認眞投給民進黨，甚至想辦法拉來咪咪的那一票，往年，定吾沒叮的時候她都忘了投，定吾叮的時候只好一起去並聽從定吾指點投下與定吾一致的選票。

這期間有兩日她沒出去，一來那兩日自救會發起的活動是在國父紀念館前合染一大幅血書，一來正巧是假日，起碼定吾一定在家。

她默默不語的侍候著一家人起居飲食，幾度快要盹著的聽一個來訪的定吾同鄉談聊大陸現況的種種（他才以非公務員身分探親歸來），見定吾少有的專注清醒的神情，暗暗駭異定吾所眞心關切的事物怎麼跟自己如此遙遠，好怕他會一時興起把前些時她替他買、且瞞住價錢的那些名牌背心夾克及兩套好醜好土卻好暖好貴的膚色英國羊毛內衣褲一股腦托人全送給大陸的親人。

晚飯吃得早，客人走後，定吾居然興致昂揚的提議全家去中正紀念堂前看放焰火，咪咪臭一張臉忍痛答應，毛毛攤屍在沙發上說要留在家看錄影帶，天啊她忽然無法忍受眼前所有這一切，好想好想，好想依昨天看過的通知傳單去大同國小參加民進黨中央黨部辦的演講會，她好想去搖那枝自己選擇的旗子，跟一群比咪咪毛毛定吾要與她熟悉多了的陌生人齊心喊口號，喊好大聲，關不關乎股市徵稅眞的都無所謂，例如她也好想大聲替農民們喊冤，顧不到早上買菜時還憤憤不解沒有任何天災菜價爲什麼總是居高不下；好想支持那些被石化工業汚染或反六輕設廠的居民，但隱隱擔心因此會影響到自己手中雖然只有一點點的南亞股；也好同情隨地可見到處請願的榮民老兵，很希望他們的戰士授田證能賣得愈高愈好，雖然不明白那與自己的利益是何關係；也十分贊成海外所有同胞均能任意返鄉，雖然有點恐懼著其中激烈者若當權得道會把像定吾這種純種外省人給丟進台灣海峽；更全心支持國會全面改選，因此極爲反常的在這點上與國民黨籍的定吾倒恰巧一致。

那晚的結局是，她什麼都沒做的隨定吾咪咪擠在中正紀念堂前的台階人叢中看焰火，本不想來的咪咪也很快的隨衆興奮的歡呼尖叫著，她望著沒有焰火的另一片霎霎的天幕，好大的風裡她寂寞的落下以爲早已枯乾了的家庭主婦的眼淚。

次日，她一早就去號子裏，兩日的各種國慶盛典原來還是一場虛幻，根本對大局毫無半點影響，只一名男子正袖手站在那平日顯得好小現在空盪盪甚至有回音的電視牆前不求對象的發表演說：「人家中共宣布要收回香港都還提早十五年通知，讓居民來得及辦移民或買賣不動產，反倒我們自己政府說幹嘛就幹嘛，全不顧我們的死活，簡直比中共還土匪，還敢說我們不要臉！」見她站在那兒發呆，便告訴她今天所有號子聯合一起上街頭，催她怎麼還不快趕去。

她聞言趕忙趕去中山南路，努力往人多或有綠旗出現處走，但那日街頭氣氛甚奇怪，到處掉了一地的小旗子，她只好向一名站在路邊看似生氣的年輕女人問發生什麼事，女人說：「還好你躲過了！」告訴她剛剛警察來抓人，抓走四個，其中一個是他們自救會會長，「我們台灣人眞的太好欺負了，應該團結起來學人家韓國丟汽油彈，你看俞國華敢不敢再護郭婉容，她先生是李登輝都沒有用！」

她拾起兩支小旗子，撣撣乾淨，一支遞給那女人，一面自己持著，不知人群都轉戰到哪裡去了，只得到處走走，半天一個熟面孔也見不到，遂只好訕訕的把那面小旗子又藏在安全島的樹叢裡。

吃中飯時，老地方碰到賈太太，賈太太也只聽說但沒碰上早上的那一場，便互相複誦聽來的，有點生氣，也有點害怕起來，賈太太拍拍自己胸口說：「我老公昨天還說要我這幾天不准出門，說國慶過了一定會開始抓人了，我說怎麼可能，沒想到我老公說的還眞準。」

旁桌也有幾個女人頻頻驚呼得好大聲，也是同號子裡的熟面孔，化粧穿著一看就知道是上班的，怪道每天早上居然還都起得來，總盤據住號子裡靠飲水機那角落的幾個位子旁若無人的說笑得好大聲，嘰喳快樂得像一群國中女生，而其實並不用眞正關心漲跌似的很叫人妒嫉，有時好撒嬌的故做虔誠認眞的聽一名隔座的熱心男子發表獨家小道消息或上一堂好專業的股市行情分析，結果總是完全聽不懂的充滿著天眞與依賴的問：「那你說我到底應該簽哪支？」尚改不了玩那好土的大家樂六合彩的舊用語，叫她一旁聽了又好氣又好笑，很想當場向人聲明，無關乎職業，她與她們是絕對不一樣的。

因此好幾天來第一次認眞問賈太太：「你先生眞的不怪你？」

「要怪有一百個比我該怪的，郭婉容 number One。」賈太太都不認眞回答，起身饞饞的又去買份洋葱圈。

她只好想回自己身上，要是定吾早晚發現她也是他天天痛罵——甚至有天還以老國民黨員署名寫了封讀者投書痛罵黨籍立委陳適庸，不知登出來沒——的對象，不知道會是一種什麼景況，奇怪的是她並不感到害怕，也絕不承認自己是定吾或報紙輿論版上非投資人所批評的那樣唯利是圖，她也不覺得民進黨像定吾說的那樣不堪，雖然這幾天在街上帶他們抗議最力並請他們吃麵包豆漿的那名民進黨市議員是個被大套牢的股市名作手，但這些在她看來都不怎麼重要，反倒清楚的記起一些賈太太上回帶給她看的那本郭婉容的表哥所寫書中的片段，一些她不很明白的理想、民主，足以使一些人終身不懈甚至數度坐牢的去追求與維護，那麼這些日子以來在街頭的那些搖旗吶喊的行徑，在她看來彷彿遙遙的與那些有某種關聯，原來自己所能做的事還好多，至少不是個無用之人，如此的發現又讓她暖暖的感動起來。

於是第二天早上趕計程車去國民黨中央黨部，才剛過央行就因前面交通管制被趕下車，無暇顧及正找著錢的司機罵的是投資人還是郭婉容，只管小跑步往那裡趕去。

大約是開中常會並且前一日報上刊載南部將有好幾十輛遊覽車的股友要北上會師，有好多的鎮暴部隊，站在外圍一個抱著公事包的年輕男人告訴她今天出動了二十幾組鎮暴部隊、還有迅雷小組和好幾輛噴水車，她覺得不可思議，男人又告訴她到時務必要躲開噴水車，因為那噴出來的水加了化學藥劑，回家叫你癢三天，「就跟五二〇一樣啦！」

她聽了說不出話來，那男子便繼續熱心的告訴其他人相同的話，她不禁朝一處正發出驚呼聲的人堆走去，被圍觀的是一個像定吾年紀的男人，正在燒聯合報中國時報等，邊燒邊罵道：「退報退報大家團結不要訂啦，每天把我們罵得像落水狗一樣……」旁邊站立著一名斯文老者被氣氛感染似的從口袋掏出本什麼也扔進火堆裡：「退報我還退黨呢，媽的B李登輝台灣人不管我們大陸人死活了，這個、這個民進黨萬歲。」

有人笑出聲來，也有人跟她一樣好尷尬，這時一個唸唸叨叨的白髮老頭搖支綠旗從她面前走過，她認出他是好幾天前舉蔣經國遺像的那個人，說不上一種什麼心情的好想正式加入民進黨，好想在一個掛張大旗的大堂內與一群同志舉手宣誓並背誦一些莊嚴的字句，好想為一些共同的理想努力奮鬥，她與眼前這些好多手搖小綠旗的人是絕對不一樣的，例如那一個身穿韓國五彩亮片衣、手挽一隻大概是眞的鱷魚皮包的歐巴桑，一名穿著年紀跟咪咪一樣、手抱隻馬爾濟斯狗的女孩，一名口嚼檳榔正用旗桿搔背的工人模樣的男人——好像那個幫她們家修個馬桶修了一星期只因為期間頻頻被六合彩攪珠打斷的可恨水電工——，還有一個年紀打扮跟她相仿的家庭主婦，當場把旗子扔在地上只爲了騰出一隻手來多搶幾份宣傳車正散發著的飲料……

此時人群中忽然一陣有人以凍得像石頭般的飲料丟向羅列整齊的警察陣中，混亂中她正無法決定要跟進還是後退，前面的人們忽然獸群一樣的向她奔來，後面追擊的是如雷震天的敲打聲，她當然也一起跑得好快，然後不約而同的止了步，回身望去，好在鎮暴警察只是敲盾牌嚇人並沒抓人打人，但他們與鎮暴警察的盾牌陣之間的十來公尺地上，卻零亂的掉了一地垃圾和小綠旗，那似颱風過後的災難場景忽然讓她覺得非常淒涼，這才有人劫後餘生似的發出歇斯底里的笑，也有人開始痛罵警察是國民黨家養的狗奴才，很快的導出結論：「所以我完全不反對納稅，可是要我們冒了高風險繳出的錢用來養狗咬主人我不幹！」

有人爲他這番話喝采，但他迅速被一名跛脚的濃妝中年女子拖走：「夭壽啊緊替我找我這雙 Bally 鞋的左脚，落去啊啦。」此事不知爲什麼那麼好笑，聽到的人都痛笑一頓，沒聽到的人只好笑得更大聲。

近中午時，有消息傳出國民黨中常會今天早上根本沒討論有關股市已長黑十天了的事，一名男子立刻暴怒起來：「媽的擺明了不要我們這幾百萬張選票，不怕我們造反就走著瞧，大家衝啊！」

大家正都席地而坐並沒有人站起來跟進，卻熱烈的在傳遞一批剛補充到的小綠旗，一名男子邊意興闌珊的接過她傳的旗子邊撇撇嘴：「民進黨也沒用啦，姚嘉文還親口對記者說，郭婉容是我大學老師我不便批評，連他黨主席都這樣表明立場了。」

一個胖胖的老婦聽了好吃驚：「敢有影？」

一名頭上綁條白布的男人插嘴：「有啦，他有幫我們講話啦，前天晚上他在大同國小有說喔，當初滿清就是把四川鐵路收回國有才引起革命，今天股市風暴搞不好會叫國民黨提早下台，換我們民進黨做。」

先前的男子衝他：「將來你們姚嘉文當總統許榮淑當財政部長就不用徵稅啦!?到時候還不是一樣，他要用錢不跟我們老百姓拿跟誰拿？」

亂糟糟的叫她也想不出任何話來，但每個人這時都舉起旗子搖得好熱烈起勁，剎那間舉目所及整個都是綠色的旗海，不遠處站著的好多記者之類的人都舉起相機來搶拍，她好恨自己忍不住又把頭低了低。

過午不久，忽然席地坐的人紛紛起身，有人告訴她說是自救會要帶大家遊行，大軍開拔的混亂中竟然碰到表姊，形容狼狽不堪，不等她問，表姊自己開口解釋：「剛才跟鎭暴部隊面對面罵得好兇，結果被霹靂小組衝出來拖了好遠摔在路邊。」她想不出話來安慰，表姊嘆口氣：「反正我什麼都不在乎了，你姊夫說要跟我離婚，我說那我以前替家裡賺來的那麼多呢，他才換的那輛新車呢，都不算數啦，他打牌的人會不知道有贏會沒有輸！」不知爲什麼她雖同情卻很不喜歡聽表姊講的這些話，並覺得快落單了的向前跟上去，表姊拉住她：「算了，都沒有用，我們去吃點東西。」

結果她選擇了去遊行，以爲只是單純的錯過了一頓午餐，不知事情怎會發展成那樣。

起初她們浩浩蕩蕩走過忠孝西路時，還有些中午休息的上班職員和一些不知是抗議什麼的什麼人陸續加入，整個隊伍變得臃腫難行。直到近台北火車站時，前面有人傳來消息說隊伍的前導車被鎭暴警察攔住了……，「逮人啦！」好多人這樣喊，大亂起來，包括她，不記得喊了沒，慌慌張張隨衆人翻越那分隔島上的欄干，好高好難著力並差點摔下來，但其實仍三兩下就爬過它了，好像到處都是警察，盾牌敲得她心慌意亂，她好恨他們這麼殘酷冰冷使她變得跟隻躲死的蟑螂一樣慌張可憐，遲疑之間，忽然看見賈太太立在不遠的廊下向她招手，獲救似的怎麼也就那麼簡單無阻攔的幾步就跑到賈太太跟前，賈太太抓住她的手、不知道是誰的在發抖的告訴她：「我正在裡面吃中飯，看到你在那裡……」

她才發現此刻原來就在常去的速食店幾步之遙處，一名警察快步倒退中差點撞到她們，生氣的喝道：「還不趕快回去煮飯，你們這些歐巴桑眞不要命。」她應聲掉下眼淚來，發呆的望著遠遠近近掉了一地的小綠旗，而自己手中那支五分鐘前還迎風高舉的小旗子怎麼什麼時候也丟到哪裡去了，賈太太拍拍她的手臂：「我們趕快進去吧，喝點東西。」

室內的氣氛竟然這麼溫暖安和，頭上歪戴小帽年紀與咪咪相仿的女侍正禮貌愉快的問她要點些什麼、在這裡用餐還是外帶，她回頭望望外面，不能置信。

她從洗手間梳妝整齊了出來，賈太太不知是不是爲了安慰她的準備了一大堆新鮮消息，有什麼好靈的文曲居士說十月底必將有個反彈，因爲股市的斗數命盤是文昌化忌，十月的流月是貪狼忌祿冲，祿被冲破當然沒有漲勢，等乙丑月天梁化權、天機忌祿冲、太陰忌權冲，起碼會有個中級反彈，意思就是即使回不到今年最高點，但再叩七千大關是指日可期的，見她聽得不專心而且大概聽不懂，告訴她一些較著邊際的，比如她們都持有的一家上市公司在某平原的土地政府即將開放使用用途，而且捷運系統也要經過那裡等等……

由她坐的靠窗位望出去，恰巧被一棵好大的拉巴馬栗樹給擋去大半，看不到街景，也因此無法想像剛剛人們是不是就這樣散了，就如同她一樣，滿心忠誠熱切的想做些什麼，然後也不是如何大的災難甚或尚未及身，就這樣此刻坐在這裡安然的喝咖啡，尋常自若如室內的每一個其他的人。

那日回家的路上堵塞得好厲害，到家居然已是新聞時間，毛毛好大一個人蹲在沙發上罵：「太過分了，賭博也要有點賭品，輸了連人家火車都攔下來媽的無恥極了！」都聽到她開門進來的聲響，轉過臉來看她並喊餓，她瞪毛毛一眼，討厭他說粗話和坐沒坐相。

抽油機和油爆的響聲中，她一點都聽不到電視新聞的播報聲，也奇怪一點都不好奇，甚至懶得去想毛毛剛才說的話，心緒很潦落，也好不想做飯菜，只想坐下來發個呆，但厨房裡一張椅子都沒有，此時定吾卻發話了，立在她身後不知有多久的嚇了她一大跳，因爲定吾是典型的君子遠庖厨，除了偶爾找辣椒大蒜是從不進厨房的，定吾問她：「你表姊傍晚打過電話來問你安全到家沒，你也在跟人家玩股票？被套牢了多少？」

她老實的回答：「我有些績優股，那都是投資沒影響。」沒一點力氣多做解釋，定吾大概在她身後瞪她很久吧，臨了拋下一句話：「什麼投資你那叫投機！投機不成只好投資，都一樣。」

當晚，她雖疲倦卻不想睡覺的獨自坐在餐桌旁，泡一杯咖啡，不想喝，純爲了掩蓋住桌中那一小碟不用收冰箱的蝦醬蒸肉所散發出的臭味和壞情調，並取出兩個月前買的那本財經雜誌，一頁頁的翻，仍然看不懂的但一切文字卻一致顯得如此荒謬，大標題說年底前股市必將漲破一萬點，振振有詞的分析各種利多或利空的因素，還有油價的漲跌、台幣滙率的未來走勢、乃至PVC和PE價的預估，巧巧的全都正相反，不知有沒有讀者會像打電話到氣象局抱怨一樣的打到雜誌社怨怪做此預測的作者，她突然煩躁起來，大異於前時讀此的心情，想不通北歐式管理和POS販賣系統與她有何干係，統一要開銀行味全要在泰國設味精廠楊鐵工具機居然在歐洲得品質金星獎便由它去吧，奇怪知道申請紐西蘭移民的資格條件以及德航計劃將與中共合資在北平設立航空維修工程公司於她有何益處，老實說就算是日本要買下上海市或台灣是世界第一大黃金輸入國她都樂觀其成不願吃驚。

放棄了閱讀「馬克的谷底」、「美元對日元的下限」等圖表，她以最後殘存的求知欲選擇一篇題目叫「窮人有福了」的文章，以爲其內容於她最近好想做些事的心情會有所啓發，結果發現原來是聯合國如何建議給予第三世界賴債聯盟國家的債務打個七折以利於它們還債的可能……，下面就看不懂了，也不想再看了，伏在桌上很快的就睡著了，直到半夜被起來上廁所的咪咪給搖醒。

接下去的數日，她仍不顧定吾警告的天天出去，行屍走肉似的搖旗亂走再無法融入同伴們的任何起落的情緒，她仍常在速食店裡看晚報，但都只隨意的瀏覽就一丟，反正才五塊錢，而且很厭倦其中所發出的各種哀號或爭吵聲。她且冷眼看身邊的人們，置身事外的覺得他們好可憐，乾淨西式的環境、瀰漫不去的奶油香咖啡香和鎮日播放的流行45情歌熱唱的卡帶，言談間再夾一兩個英文單字兒，一定就以爲自己是在美國或其他類似諸國了。

她其實非常不想這樣破壞自己的心情，畢竟不知爲什麼，這些是她的最後據點。

第十九日，她爲了等咪咪出門再走而弄得很遲，到中山南路時已經十點多了，卻幾乎一個人都沒有，除了零星幾個好自然的過往行人，她納罕起來，見有幾名清潔隊人員在整理街道，地上之物是這些日子以來習於見到的各色垃圾和白布條標語和一些綠旗，一棵行道樹下很突兀的擺著一面大綠旗和一幅蔣經國遺像。

大概是見她佇立良久，一名在她附近清掃的老先生好心的告訴她：「剛才就這麼嘩一聲的全部跑回去，又有得錢賺嘍。」說完彷彿覺得很好笑的笑起來。

她想一定是有什麼利多的消息或甚至郭婉容眞的決定延徵一年證所稅吧，她說不出什麼感覺的就近揀了張白鐵椅坐下，看他們把那些垃圾或旗子或遺像，不分黨派的都集中好，倒入路旁停著的垃圾車裡——這些日子來的種種片段咔嚓咔嚓隨那倒垃圾的速度一疊照片似的攤撒在她眼前——覺得自己像發了一場高燒，好虛弱，清楚見到好多好多、好多這些日子曾跟她一起在街頭搖旗吶喊的人，現正擠在電腦螢幕前、或拿著磁卡無意識的在自動回報系統上沒事的刷來刷去，忙亂中一定搖搖頭暗笑起來，也一定想怎麼搞的那段日子跟發一場高燒一樣失了魂魄，並偷偷為自己的大膽行徑咋舌不已……但是她，跟他們，是不一樣的，她急切、但不知道該去向誰的如此表白著。

星期六的晚上，一餐飯全家人吃得氣氛怪異無比，她想他們一定全都知道了，洗著碗生起氣來，不知為什麼這事會變得如此羞恥不可告人，一不小心手頭太重的打破一隻碟子，客廳也應聲傳出一聲咪咪的驚呼，她尋聲出去，客廳茶几圍著的三張臉正瞪大眼睛看她，太複雜的神情讓她當下害怕起來，然後毛毛把几上的一本雜誌遞給她，她接過來，是周末時定吾通常報紙看完只好巷口小店隨意買來亂看的雜誌，她還不及發問，眼睛也迅速被一張相片吸引過去，台北市的街頭，亂紛紛逃竄的人群，地上落著好多眼熟的小旗子——心臟因此一陣亂跳撞得肋骨發疼——數名男女正狼狽不要命的翻越馬路分隔島上的欄干，最近鏡頭的一人

——她才知道自己的臀部從背後望去竟如此龐大滯重——更眼熟的是灰底黑樹枝紋的毛衣外套、外銷成衣店三九九元買的假皮黑長褲、咪咪的白球鞋、蟑螂逃生的可憐樣子，照片旁邊有一行說明文字：「逃命要緊，支持什麼黨以後再說。」

看完文字，她無法再次確認她今生從未看過的自己的背影，因爲淚水早已經漫過眼睛，好燙的滑滿一臉，她一點都不想去拭，只放下雜誌，對著眼前三名高高矮矮的陌生人嚎啕起來，垂著手，哭得好大聲好無助，像一個稚齡迷路的小孩兒。

佛滅

果然來不及了，他被一個台北東區超級大十字路口的紅燈攔下，懊惱得痛敲擊方向盤一下，簡直無法度過眼下必須等待的兩三分鐘，媽的，反對運動搞到這種地步搞屁！他按下電動窗，向植滿香樟樹的安全島吐檳榔渣似的暴烈呸掉這句他近時的口頭禪。

媽的世事變得全經不起辯證，樣樣事情，是怎麼搞的……，他無聊的摸了一下阿雲放在車前的車內芳香劑並湊在鼻下一嗅，以確認他這會兒嗅到的草香來源。

雨後不久的台北街頭，除了車輛並沒什麼行人，一種突生的寂寥之感促使他四下望著，不自覺的找尋任何一個騎單車的身影——不知他現在在台灣的哪一個濱海角落仍在過自耕自食的隱居生活，他的朋友馮生——自那次合作後，好久不曾聯絡了，奇怪前幾期做系列的報導「台灣的河海——美麗與恥辱」時怎麼沒有想到找他要一些田野調查的資料。

幾年前，馮生曾熱烈的身體力行發起在台北市以單車取代一切會造成空氣污染的交通工具，他那時尚在G報，連續幾日替他夾敍夾議的鼓吹，甚至也曾隨著馮生做試驗，分別在交通尖峰和離峰時間，一起從公館騎單車到台北車站，結果僅僅只需十五到二十分鐘，的確出乎他意料之外，但他並沒有再追隨馮生繼續他的試驗，一種極複雜的心情他仍記下滿臉灰黑汗水的馮生熱烈詳實的報告，「從天母到台北車站猜怎麼樣，只要四十分鐘，要是你選擇七點之前出門，甚至只要半個小時，而且可以邊騎邊欣賞中山北路的楓香樹，過劍潭的時候，藍蔭鼎老家的那片山坡還看得到白鷺鷥……」

並不是台灣人的馮生隨即操著奇怪的台語發音唱起台灣民謠「白鷺鷥」，那時候，尙年輕今天好多的他，只覺得眼前的人快發神經了，並不被他感動，當時的他在認爲國家機器主宰一切的情況下，任何只能讓體制鬆動一點的動作他都覺得是無意義和更使他失去耐性的，但在某種程度內他的確也可以支持，固然環保的抗爭在任何時候任何政權下都必須進行是原因之一，最主要的，那時候曾天眞且負氣的以爲，若人人都仿效馮生騎單車，或可讓他媽的裕隆早日關門，畢竟那是一個典型依附國家機器和資本主義霸權而生的象徵。幾年後，在他猶豫不決而決心買車時——猶豫的是各路車狂朋友的推薦令他無從選擇，雖然最後他還是買了號稱四年內不用掀引擎蓋的福斯Jetta——他曾片刻的想起過馮生，並沒有任何一絲羞慚，不如此，他如何能上午去向一家基金會的負責人解說並募得一筆智障兒童的醫療教育經費，中午參加北區扶輪社的餐會並做演講，且率先將演講費捐出做爲拯救雛妓的款項（他自覺巧妙的避開與社員利益或有衝突的環保或農運的名目），晚上趕赴某大學社團主辦的演講，還好講題倒不需準備，是他這一年來巡迴全島所說的「我支持一切的反對運動」。

而此刻，這雨後的下午，離阿雲說的那家新開的咖啡館還有兩個街口，他已恐慌的開始在找尋停車位，媽的，到這種地步搞屁，他已經不是咒罵或抱怨，而是驚呼，搞屁！……竟微感甜蜜的苦笑起來，想起他早上匆匆起身時阿雲叮囑他，要他下午幾點在什麼路什麼巷一家新開的咖啡館接她，並交代自己早上的行踪，先去某家號子打個轉，隨後和幾名作家及某婦女組織聯合發起一個使用再製紙的聲明。他想起他在厠所裡匆匆梳洗時，阿雲衣衫不全的靠在門口問他：「可是其實再製紙好貴噢，光這一點要怎麼跟人說明，萬一我被質詢的話。」他從鏡子裡看她因睡眠不足而顯得臉兒黃黃，兩人昨晚又廝鬧了大半夜，同居前，簡直想像不出如此乾扁黃瘦的女子有如此過人的性慾和技巧，幾乎每一個晚上——他胸口熱起來，抑制住去吻她露出大半的胸脯——沒有一個晚上是重複的！放下電鬍刀，到底去摸了一把她的下腹，「理念！不要忘了提理念就好，一般人誰搞得清七十磅八十磅印書紙的單價，這中間的差距不是我們得負責的，現實的墮落也不是我們能負責的。」隨即不需要任何前戲的，他一面看著錶，一面在浴缸邊跨上她，像騎在一匹馬兒上似的，小母馬，他叫喚著，如同握著韁繩似的抓扯著她一頭濃黑的長髮，那是她全身唯一的豐腴之處，小母馬……，起伏中，他望見盥洗台上鏡中好陌生野蠻而竟是自己的一張臉，陶醉起來，享受著做一對沒有知識的野蠻動物的無羈狂放之感。由於時間太趕，他完全沒有撫慰她，整妥了衣服，喘著氣告訴她：「記住，只要提理念。還有太平洋的股票，我勸你先不要動，中午的餐會保不定我可以聽到一些消息。」

結果他沒能聽到任何一點消息，反倒是那些中小企業的業主，客氣技巧的向他打探年底大選的行情走勢，哪個新黨的人值得支持投資，如同打探哪類新上市股的潛力值得下注，那樣的場合氣氛裡，他竟也認真的分析了一下上市股和可能新上市股的大勢行情，措詞像個開明派的官僚發言人，態度則審愼而樂觀的推介某某人——日前應其邀請在一家會員制的俱樂部，在看過三個號稱尚在某專校就讀的女孩兒在燭光搖曳中被兔女郎裝擠束而出的年輕乳房，並喝完兩瓶XO後，答應年底替其找一批自由派學者爲他的競選傳單簽名背書，仿效三年前高票當選立委的康的作法——一名望了他老久的男子趨前來遞了張名片並開口：「請代我問候宋廷雲，我是她大學同學，她現在還在G報嗎？我太太每天都看她的家庭婦女版。」

他有些怔忡，一來是沒想到別的圈子裡小道消息也那麼靈通，畢竟他、尤其阿雲根本不算台前的人物，什麼時候也變成男女明星般的被人飯後剔牙閒聊用，二來這一年間兩人的際遇實在不足向外人或內人道，他只好簡單依名片上的姓氏稱謂禮貌的回應了那男子一聲：「章總經理，我會跟她提一聲，她早離開G報了，後來在K報，不久前我們才一起離開，你知道，最近我們還在發動一個退報運動。」

邊說邊觀察那男子的反應，媽的死硬頑強而愚蠢有理的中產階級！那男子果如預料中的禮貌的頷首：「噢，是這樣，」連追問的好奇都沒有，那客氣因此更顯得虛僞，彷彿他聽到的是阿雲剛升召集人似的，他當場再次覺得疲乏，並壓下那點，不，稍早或叫困惑，現在叫做不耐的煩躁，這些人，到底竟是爭取或是革命的對象。

他停妥車子，很快的就找到阿雲說的新咖啡館，就他所經歷的，在這地點已經是第三次的易主易裝潢了吧，還不用進門，便清楚知道台北的後現代風已經隨登琨艷的出國而正式告終，但他寧可喜歡現正流行的五〇年代風，當門數幀某部眼熟但叫不出名字的田納西威廉電影的黑白劇照，很像他在舊金山唸書時學校附近的一些數十年不變的老店，他去的早不是時候，只得常在其中懷念並想像他為此而去的六〇年代。

阿雲坐在窗畔向他小女孩似的招著手，三十五歲的女人，仍蓄一頭中分披直到腰的黑髮，因為不施脂粉，反倒顯得年輕，只要不在室外光下，看不見她疲乏的肌膚，她仍然留有大學女生的氣質，阿雲似乎很知道這一點，長久以來都一直做類似打扮，他進G報前，已風聞她把一群剛進報社的小男生迷得團團轉，都把她目為自己在當兵時期嫁掉或出國的女朋友，他當初何嘗不是如此開始注意她的，滿辦公室各式的黃燥捲髮或比男生還短的剛硬髮式，他不禁多看了阿雲一眼，吃驚這年頭還有人做瓊瑤電影時代的女主角打扮，使他油然生起思古幽情。

此時的阿雲便是大學生寫報告似的桌上攤著紙筆，一旁擱著她香港買回書包似的Ralph Lauren這一季的新款式的背包，墨綠與黑色相間成的蘇格蘭式方格，很有一種英國學生的味道。她隔桌拉他坐下，替他叫了一種她新發現奇怪但不一定好喝的加味紅茶，手從桌底下出於習慣的隨語氣輕重摸著掐著他的大腿，室內正放著 Ray Charles 的歌，有些奪他心神，因此沒很認眞注意阿雲的話，只知道上午的股市又是一片漲停之聲，她說了一陣停下來，察覺了，才等送上茶與點心的服務生走開，桌下的手停在他的褲襠間問他：「在想什麼？」

阿雲甚戀愛他的陽具，兩人初次上過床後，她陸續爲它取了好幾個名字，一個是在他查了辭源之後才確定有其字和意爲男性生殖器的古字，另一個名字是尋常家庭式的「弟弟」（音底笛），常常單獨叫它，或當他的面另外與它對話，好像它是另一個個體另一個男人，而她當他面與另一個男子在戀愛似的，他覺得很新奇，而且當然不需吃醋，並沒研究過她（或許）與衆不同的行徑。

他已經習慣她不分場合的碰觸它而它大都不用勃起，只好回問她無聊的問題：「酸枝族走啦？」有時也叫黃梨族，是幾個中研院和大學教書者的太太，有些有工作有些沒有，常和阿雲一起，有些也一起進出股市，有些也做些如早上發起的使用再製紙活動，例如世界環保日那天她們已約好了要一起去台電大樓前舉牌反核四廠，最大的交集是，她們一度都迷上紅木傢俱，發瘋的奔走相告哪裡看到一張可能是眞的檀木的明式椅子，當然結果好像都是淸以後的酸枝或黃梨木仿造的，他有時在一旁聽她們的電話，也略知一二，便稱她們黃梨族或酸枝族。去年幾個勁頭大的還一起去香港數日，從早到晚只逛專賣酸枝黃梨紅木傢俱的荷里活街——在那裡阿雲還順道買了一本髒舊的小紅書送他，十五港元，當古董計價簡直不知貴或便宜，而他果眞也把它當古董看待，珍貴收藏但至今從未打開過它——也曾有一個時候先後迷過玉器、迷過銀器，而且不是尼泊爾或泰國原始風味的銀飾，是明清民間的銀飾，有陣子玲玲瑯瑯戴滿一手。

黃梨族的且也愛收集陶甕，每個人家裡都有不止一個從各鄉下或撿或買來的大小形制不一的甕，大的放院子或陽台養荷花養魚，小的養觀葉植物，有的當然只是好自然的插一把美麗的枯枝，或很覺生活化的插雨傘，前年的大地震，每家起碼都震破了一兩個。

阿雲住處也有好多甕，他正式搬去住以後，阿雲騰出一個本來浸著各種美麗石頭的小陶甕，放在床頭，要他在每次交歡之後丟一個十塊錢銅板，不知為什麼，不多也不少，十塊錢，很頑皮的堅持著，一點都不願意避嫌。總叫他想起剛認識她時聽過的種種流言，好比她在大學畢業和進報社之間那幾年，在貿易公司裡做事，接待外商之餘順便兼起高級應召女郎之職，據說當時她買下的以她的薪水而言太過豪華的天母的電梯大廈，就是靠那收入，當時他只覺得是女同事出於妬嫉和小心眼所亂造的謠，後來與她熟起來，知道她的家境很不如何，父母只能靠退休金自保，而她正常的薪水似乎全用在妝扮上，誰叫她編的是家庭婦女版，忍不住誘惑的比誰都要認眞實踐那些各種中外媒體所預告的流行趨勢。

那時還年輕，基於一種義憤，他更不加考慮的決定與她在一起，只因爲他剛回國，從阿雲身上再次印證第三世界的悲劇怎麼老也演不完，阿雲這種受害和加工出口區的女工被犧牲於台灣經濟發展有何不同，「先進的資本主義國家，透過建立在商品經濟基礎上的國家分工秩序，來操縱、剝削和控制第三世界國家，由此中心／衞星的體系，強推銷它的商品、拜物教……」他在一本人文雜誌裡如此寫道，文章雖本是控訴歐美跨國企業向第三世界強銷母乳代用品，但沒想到阿雲的那段未經證實的遭遇，竟成了日後他寫此系列文章的原動力。

她似未察覺他的失神，繼續略帶興奮的說：「松木雖然太鬆太軟，可是當牆壁就沒關係，有一種美國雲杉，很漂亮很白，斑節也沒那麼多。地板我決定了用雞油木，就是台灣櫸木，比想像中便宜，檜木太老氣了，你看這是唐太太給我的價目表，說這個木匠師傅不錯，決定了連比價都不用了。」說著遞給他一張單子。

他假裝看著，因爲不需要，他們前一陣子做拯救森林，所以對各種省產木材的市價行情清楚得很。阿雲說的唐太太，她丈夫就是森林系的，因此前一陣子也接觸過幾次……，他努力抑制住自己不要往眼前那個自問自答的大洞跳下去，他要的並不多，阿雲是因爲佈置的方便而喜歡木頭房子，他也喜歡，會讓他想起離家唸大學之前住糖廠日式房子的十數年歲月，他們雖然是外省人，但也很快就適應日式房子帶來的日式生活習慣。母親總把每一個房間、包括廁所的木頭地板擦得光可鑑人，他和小他一歲的弟弟不打架的日子裡常常一人蹲坑、一人就坐在一旁的地板上，兩人輪講鬼故事嚇對方嚇自己。記憶中，連廁所裡也充滿著木頭香氣，是樟木的味道，現在想來或許是便池裡常年擱置的樟腦丸。

他放棄了任何一點小小的質疑，就像阿雲她們黃梨族的都喜愛、並傲稱自己只穿麻、棉和眞絲的衣服，在穿著它們並倡導維護生態保育的同時，有時他簡直無法分辨它們與動物毛皮有何不同，他曾經神經質的困惑起來，無法解答爲什麼蠶寶寶的生命完全不曾被人與貂啊狐啊鱷魚等並比。畢竟，拯救森林著眼的是官商勾結的濫伐與盜林，他們的造一幢木屋子與否，應該是兩個完全沒有任何因果關係的事情吧……，他朝阿雲笑笑，放鬆下來聽她談著他們臥室的佈置，她正好認眞的說：「我要買一個最大的鏡子放在臥鋪腳頭，這樣子好像就看得到我們自己主演的 Double X 級電影了。」

但其實他們尚未談到結婚的事，夠熟的朋友問起來時，兩人不約而同的理由都一樣好俗氣：「心理還沒準備好。」講了幾次，自己在心中大笑起來，「奇怪生理卻準備得非常好！」

這一切固然與他離過一次婚有關，但他發覺其實阿雲非常喜歡目前的狀態，既可享受每天床上的男女關係，在不熟的圈子裡，她仍可以一個清純外貌的單身女郎身分趁他忙時不無小補的談幾個小戀愛，他有幾次接到陌生男子怨懟語氣的電話，都來不及吃醋，被她弄得眼花撩亂——天快熱了，他望著她邊抹著原先是她送給他的YSL的男用香水Jazz從浴室出來，穿著最近的就寢裝束，只一條男式白棉布的丁字褲，沒有上身，一頭長髮輕易就遮住她國中女生似的胸乳——他叫她小妖精，又因她有很重的體味，也叫她小狐狸，突然狐疑起她在G報待了這麼多年，竟沒上過大老板，或小老板的床嗎？

他不禁想起前幾日他們一起參加的那場說明退報運動的座談會，席間阿雲痛罵G報報閥的視報社員工如豬狗私產的種種，就他記得他剛進G報時，曾聽人說過阿雲叫老老板爲乾爹的，他憶起曾經在報社一個盛大的雞尾酒會上，他那時正開始追阿雲，三五百人的宴會場上，忽然心急的找不到她，但在老老板向他短短的垂詢之時——他是拿老老板的錢出去進修的

——他忽然從老老板上好的英國毛料西裝所散發出的一股熟悉迷茫的味道，捕捉到了阿雲上一刻的行踪，他幾乎看到不過幾分鐘前，阿雲曾親熱天眞的如同挽著自己祖父似的挽著老老板的手膀，嬌嗔著：「×伯伯，」她在人前都是如此叫他的，「×伯伯，您都好久沒來十樓看我們了，哪，罰您吃一塊魚子醬餅乾。」嘴裡一定是如此沒有邏輯的亂講。

向老老板告退了不久，他那日像玩遊戲似的，亮著眼睛，豎起耳朵，警戒著鼻子，覺得自己變成一隻效率頗高的狼狗，一路像捕食獵物似的追踪著阿雲的氣味，隨後，他從一個剛自黨外刊物跳槽而來的年輕國會記者、一名已經三十年沒寫作的海外歸國作家、一名剛返國休假的報社駐日特派員、一個包這場宴會的外燴的白衣年輕侍者、某大學理學院院長、一位業餘專在休閒性雜誌分析名人紫微斗數的MBA……，循此，他竟眞的在那樣一個叢林也似的荒蕪之地找到了阿雲，阿雲正姊妹一般親熱的挽著老老板大媳婦的手——在她尚未接掌老老板一部分的關係事業前，她也曾是黃梨族一員——笑得好明媚，阿雲亂裡也看到他，有意無意飲了一口酒而顯得嘴唇格外潤灩，兩人隔著影綽穿梭的人影以目光愛撫對方，她眞大膽啊，他覺得她正以眼睛把他的衣服當衆一件件剝掉，徹底並放肆的欣賞他的男性身體，天啊，整個空氣滿滿全是她的體味，他全身發燙，兩腿酸軟不能站立，很想爬過去伏在她的胸前睡一覺，並接受她媽媽一樣的撫慰，天知道那時候他們連親吻都還沒有過，他因一時的無法接近她而軟弱得想哭，答不出眼前一名不知在問他什麼問題的什麼人的發問。

他之所以跳槽到K報，實在有他不能再在G報呆下去的理由，但阿雲，他並不明白她爲什麼會下決心離開G報，一萬個理由，但他敢肯定絕對不是因爲欲與他同進退的緣故，因爲他太了解她了，阿雲，聰明的阿雲，曾經有一段時間，他想教養一個女兒似的調教阿雲，以爲她有成爲類似綠黨的派翠凱莉的潛力，當然很快的便發覺她並非素樸專志之人，天啊，她好崇拜喜愛他的陽具，非常心醉於男女相處的被宰制，反而他好快的變成了她的承受者……「這是一個沒有英雄的時代！」他曾在一個演講會上如此宣告，結論是所以要把一切力量還給民間，交還給廣大無言的人民手中，口中儘管如此大聲疾呼且努力相信，心中卻再次悲涼起來，不可能會再有任何結構性的改變了，不可能會有革命了……，而阿雲的狂野卻適時的讓他有種返回到那個不可能再現的時代之感，他曾經非常嚮往的，六〇年代激進派學生運動組織「氣象人」所曾描述的氣象生活，他記得好清楚，「我們前進、性交、吸藥，知道我們即肉體，從幾個世紀的壓迫下重新解放成爲動物。」

與阿雲一起時的種種就讓他有重返動物身之感，阿雲不知哪裡老是弄得到大麻，兩人放鬆的邊大笑邊隨處交歡，有回把她壓在陽臺上並順手折了一旁花盆裡的一朵黃蟬花插在她耳際，彷彿聽見了到舊金山別忘了帶朵花，花的兒女，性愛的兒女，所有的女孩都是我的妻子，所有的男孩都是我的兄弟……，他掉出眼淚，無以爲繼……，那眞是一個什麼都有可能的時代，鮑布狄倫唱過，你不需要氣象人來測知風的方向。因爲大家都已經知道風往哪裡吹，都已經知道這個國家是什麼樣的，所以除了革命一途，哪還需要說東說西。

而他去的那年，學校早成了雅痞大本營，人們認眞做著湯姆海頓之妻的珍芳達操，開日本車，競著馬球衫或卡文克萊的棉布襯衫，愛滋病方興未艾，大家因此發現有愛情的性愛滋味要比已發展到瑜珈式的性交姿勢要新鮮得多，開始效法雷根伉儷的鶼鰈情深，連最新一集的〇〇七都正以附近矽谷爲背景在拍攝……，他寂寞的到碼頭去，不意擦肩而過的好多人都是五萬九台幣十日美西遊的臺灣觀光客。他躲到一處無人但多垃圾的海灘，初次感知的確如卡爾巴柏所言，這個世代只剩下How的技術問題，已沒有What的大疑大辯了，他只覺得快被那海水淹沒似了的窒息，知道只有在選擇生或死上他才擁有眞正的自由，所以除非走入那眼前的大海裡，他就必須回到一個毫無選擇自由的世界。

但是現實的墮落，並不表示當初的理想是全無價值的……他又再次想起近時常浮現腦際的這句話，簡直不確定理念與現實的落差是否眞如黑洞一樣的不可抗拒，還是以不斷的道德實踐可以拉近或改變，如同馮生那樣身體力行所做的各種努力。但不知爲什麼他甚少受過這種質疑，可以說是唯一的一次，是去年十月他和阿雲接待一位在日本搞了二三十年環保的老日本人，他們開車載他去恆春半島漫遊了三天，由於事先約略知道他的脾性，他和阿雲兩人都刻意的輕車簡從，兩個人大學生似的。

第一天黃昏車過楓港，及時下車救了兩籠待烤的伯勞和兩隻灰面鷲，阿雲也搶拍了很多照片，有配合他的環保文章用的，有爲她自己版面需要的風土民俗（她照了一個穿美濃大褂却鯨面的嚼檳榔老婦，以及兩名布農族的小男孩）及鄉土美食（當然避開了燒烤伯勞的小攤而拍了正豐收的地瓜和烤甘蔗），阿雲跳槽後編的仍是家庭婦女版，但被副總編輯的他建議改成感性空間版。

長谷川先生是那種喜怒不形於色的人，一雙眼睛又始終藏在他不分場合戴著的那頂老舊的釣魚帽影下，他們幾乎察不出他的想法或感覺。

十月微涼的晚上，兩人送長谷川先生回房後，散步到距離不遠的凱撒飯店，在狄斯可舞廳跳了一場，隨即當然到飯店對面的沙灘上纏綿甚久，阿雲喊沙地好冷，問他怎麼那麼久，他說大概晚飯吃了太多龍蝦和好幾種甲介類海鮮吧，這裡的海鮮幾乎是臺北的三分之一價錢。

第二天他們應長谷川先生要求棄車步行，三人一路頂著清晨却炎熱的太陽行軍到南灣，走過長滿林投、白水木、和紫花長穗木的海岸坡地。

老人在核三廠附近徘徊甚久，不時的蹲蹲摸摸，像個老偵探。他前兩個月才陪國建會的幾個人來看過白化珊瑚，便陪阿雲在岸邊發呆，太陽太大，阿雲被曬得殃殃的，一張相也懶得照，兩人被波光晃得目眩，只好討論起中午要吃什麼，說到海鮮，阿雲百無聊賴的伸過手來摸摸他的小腹，戲弄他，不遠處幾個戲水的小男童仰視著他們，他操臺語問他們：「你們知道那是啥，不驚啊？」指指遠方的核三廠，小男孩搶著回答：「有啊，我爸說不要偎近那兩粒，會爆炸會死人哦！」

離去的那頓中飯，他們到林邊鎮上常去的那家海產店，放膽點了一桌，因爲太便宜，幾乎每次怎麼任意點都超不過三千塊。他問老板有沒有澎湖紅新娘，老板說有，便要酥炸個三人份來，隨後向長谷川先生介紹起紅新娘這種魚的美味，並說現在要吃不像以前那樣容易，說著舀了一匙的沙拉龍蝦到長谷川先生面前，就是那時候，長谷川先生微低下頭，似日人尋常謝飯的禮儀狀的謙聲發了話，他那日本腔極重的英語還是讓他聽懂了，長谷川先生完全不解此地做環保的人都與常人無異的人手一車，也不解爲何龍蝦或紅新娘的命與伯勞灰面鷲的有何不同，他還說了很多大約類似的疑問，他遂放棄，因此也就不再聽得懂老先生的話了，他把自覺發呆的目光移向阿雲，阿雲聳聳肩，伸隻手指鑽鑽太陽穴，作個秀斗狀。

他並沒有笑，只緩慢的拿起啤酒瓶替老人和自己斟滿了，自己獨飲半杯，竟有一種幸福之感。

但是他太忙於應付另一種質疑了，好比談環保，就得疲於應付一堆財經官員或中小企業主的辯解；談藍嬰兒、白化症，就會冒出一堆替社會福利預算辯護或訴苦的內政部小官員；談反對運動的庸俗化與墮落，差點與一個包娼包賭的黨外市議員打官司；倡議報紙的功能應該是反主流、反執政者、反資本家，所以違背者均應退報抵制，一夕之間接聽到十來個各地報紙分銷處的痛罵電話；他幫一老統派前輩打筆仗批判發展經濟理論及跨國企業的侵略，遭消基會轉來一信責問他爲何大開時代倒車、反對消費者享受低關稅進口的歐美商品；連續數月報導各大學的地下社團活動並密切來往，告訴他們他所知的他國學運狀況並幫他們找議題，却被其中兩名學生的母親或哀求或強硬的糾纏了好久，要求他不要再害她們的兒子被學校記過處分了……這一切都有種讓他陷入泥淖之感，眞正的敵人完全沒出現，甚至不知道在哪裡，他漸不知他們是太無知無能太麻木，還是太厲害，他彷彿變成越戰場上的美軍，漸漸、或許打開始，分不出一樣黃面孔的南越和越共，很多時候，或許受害者與敵人根本就是同一個，在這個沒有英雄、沒有任何可能的時代，人人樂於剝削別人且樂於被剝削。像阿雲。

「我們的理念是實踐！這樣好不好？」

阿雲把眼前塗塗抹抹的筆記本推到他眼前，她現在除了代他去參加一些他的夕陽工業活動外，就是接一些小型的廣告文案自己做。

「看起來好眼熟。」他不想打擊她，但確實才在哪裡見過似的，座右銘式的鐫刻在那種因日日擦拭而發亮的黃銅板上，「眞的，」他補充一句，腦子裡浮現出馮生騎單車的背影……到這種地步搞屁，他想到雨後難得乾淨的臺北街頭，尤其在東區，若是布衣布褲長髮一束出現的馮生只不知竟會是太時髦，還是根本他的行止、所想所堅持的，比一些光怪陸離的表演藝術者要與現實突兀得引人無法思議。

「是眞理的話，就不怕重複……」阿雲撒嬌的向他微弱抗議，繼續喃喃自語，「實踐是檢驗眞理的唯一標準……，所以，我們的理念是實踐，」把幾個字眼做化學實驗似的倒來倒去，導出的結論自己也糊塗了。

他笑起來，她因此放膽的又與他亂聊起來，他看著她，羨慕她那種趨吉避凶的動物本能，……一個人不快樂，因爲他說了他所想的，另一個人快樂，因爲他不說他心裡所想的。一個人過得好，因爲他完全不思想……這文字所描述的社會曾經是他一度立誓要打倒的，才不過幾年，顯得很遙遠、不可能，簡直他快連自己都無法完全掌握，遑論改造，無論是自己或別人，……「存在即眞理」，他不禁深深驚歎著此話所代表意義的驚人腐蝕能力，多麼撼人無恥的力量……

「——好不好，一塊兒去。」阿雲捏了捏他的虎口，他才正式回過神來面對她，因爲那動作是他們不爲人知的默契，他剛與阿雲火熱而又因報社事必須去韓國一星期時，臨行她塞了一本小册子在他隨身旅行袋裡，錦囊妙計似的規定他一天只能看一頁。他在飛機上用過餐百無聊賴的想起來才掏出看，他當然沒老實的只看一頁，幾分鐘就看完了，那第一頁上寫著，寂寞想阿雲的時候，請吮吮看手掌的虎口位置，絕對與他們的法國式接吻十分類似；第二頁，文圖並茂的教他一種手淫的技巧，並以漫畫繪了一幅她自己的裸體；第三頁，畫的是一個他的「弟弟」的特寫，但爲它戴了個紳士帽及一副眼鏡，旁邊一個女子楚楚可憐的落淚，曰：「我好想我的弟弟。」第四頁，畫一幅赤裸女體，性器畫得誇張可笑，旁白：「怎麼辦，我的妹妹也好想弟弟。」

再下頁，大膽直接得快不堪入目，好像他們在唸中學時，有時獸性大發在廁所牆上塗鴉的，下面幾頁大約不脫此，他看了卻立時比飯前翻過的一本 Play Boy 要來得有反應，他心熱熱的張開手掌，依第一頁所繪的圖解吮著虎口，彷彿看到前一夜她在燈下跟她有時寫稿時一樣的好專心認眞的一筆一畫，不知耗時多久，他絲毫不覺有任何一點淫穢，只忽然很心疼，覺得她少女時代一定有一段長長寂寞的思春期，因此她自己一定也有很多別出心裁的手淫或慰藉花樣，當下恨不能趕快飛機掉頭回去，好好幹她幾場。

大概都同時思及此，兩人臉上都心神盪漾起，他覺得自己公狗似的搖著尾巴都依她都答應她。然後才問她是去做什麼，她嬌嗔完他剛剛都不專心聽她說話，再重複一次，原來她們黃梨族一名太太日前隨夫返南部掃墓並住了兩天，中午求救似的電話給她，受不了鄉下的即溶咖啡，要她趕快帶個半磅咖啡豆及前不久她新買的克魯伯 espresso 咖啡機去救她，他聞言做個「Jesus！」的表情，阿雲安撫他：「我跟她有這個交情，再說，那附近有個溫泉，是那種日本式的小旅舍，我們好久沒出去過夜了。」說著又桌下伸手過來性騷擾。

他任她玩弄，決定不了也要不要回應她，他知道阿雲是十分喜歡各種冒險的，兩人還沒上手時，有次他在報社一樓大廳電梯口等著上樓，電梯門無聲的一開，裡面阿雲正摟著一名男子，一條大腿赤裸裸的從長裙裡伸出，勾在那人腰上，清楚被他看到她正以舌頭在舐他臉上的汗，當然只是瞬間的事，那男子比阿雲要害臊得多，他稍看一眼，認出他是那陣子接送阿雲較勤的護花使者之一，但不知爲什麼，那些在他之前或之後的韻事，他完全不曾吃醋，他一點都不相信是自己的度量，他甚至覺得，阿雲始終不曾稍減的動物性，是不斷鞭促他自種種人類自營的壓抑狀態中解放出來的動力，竟是珍惜之感勝過其他。

兩人鴨子游水似的，面上悠閑、桌下忙得個緊，阿雲不時頑皮驚險的笑出聲說：「不行不行，我要鑽到桌子下面。」他怕她當眞，她是做得出來的，只得認眞加緊手下的動作，直到她呼吸漸疾至漸緩，臉上潮紅才退，但見她眼睛乍然一亮，坐直身子，他忙搖頭制止她：「我沒事。別！」

她倒沒笑他，反倒關心的問他是不是在想晚上的演講，她也知道，最近的學生有些難搞，並不像兩三年前那麼聽他的、甚至有把他視爲青年導師的，有一個跟他們來往頗密切的某研究所學生前不久在一篇探討學運的文章裡說，他認爲學運分子應該時時檢討自己是否有被工具化的傾向，並自省是爲了議題而運動還是爲了運動才找議題。阿雲拿給他看，並說：「我覺得林育正是在說你耶。」

那林育正一度還幾乎是他們的家庭朋友，大學讀了六年、研究所才剛進去，縱橫整個臺灣七十年代的學運期，據說他母親爲了資助他這些年校內校外的生活，還賣了老家一幢房子，但他對此並無異議，畢竟保持一個學生身分也是一種充分維繫自己理想與抗爭力量的極佳作法，他那年肯於拿報老板的錢出去，何嘗是爲了兩三年內要拿個學位或認眞進修，無非是快要對做了幾年的記者生涯感到厭倦嘔吐，想重新回到一個不須考慮任何現狀、因此不用負任何責任的痛快有力的批判者的身分。

但若那林育正所言眞是發自心底的想法，他倒反而有一種類似那次被長谷川先生質疑時的複雜心情，但他不願使自己失望的不敢如此寄望，「你知道，我們早上那種只能上文化版的座談會他也來了，愛理不理的，身邊換了個大一的女生，我聽人家說就是他們在立法院靜坐那天最兇的那個，你猜他今天穿什麼，別人看一定好土，那種三顆鈕扣的獵裝外套，我跟你說，前幾天我才在雜誌上看到的，人家今年秋冬才要開始流行的 Ivy-League Suit，學人家以前長春藤男學生的那種穿法，不知他哪裡弄來的，我投降。」阿雲說著做個投降狀，他聽她亂糟糟說道，才意識到可能她和林育正也有過一腿，他深深看阿雲一眼，雨後乍現的陽光透過窗來，她的皮膚脆薄得頓時顯露出裡面的青色血脈，她愈說愈氣：「我看他才是標準的商品拜物教的忠實信徒，怪不得他媽媽要賣房子養他，他穿的布鞋，有沒有？那種白色沒鞋帶你說像小時候穿的，我一看就知道是日本的那種無印良品，買起來有些比旅狐的還貴……你小心他晚上也要去，他說了。」

他果眞也猶疑起來，但並非起自阿雲這番話，他只是突然覺得疲乏欲眠，簡直無法幾小時後履行這一年來第N次的走入演講場所，對著向他歡呼鼓掌的男女學生說：「我之所以簽名，或聲援你們這項□□□□，並非我贊成你們□□□□——」他節奏掌握極好的停頓數秒，習慣的望向那一張張當場垮掉了的驚惶小動物可憐單純的臉，他覺得自己像在阿雲體內射精似的吐出話：「我之所以支持你們、是因爲我支持一切的反對運動！」臺下立時轟的一聲爆出快樂滿足的喊聲，就如同阿雲獲得高潮之時。

「小ㄎㄚ。」儘管他口裡嗤之以鼻的說著，腦子却完全沒有停留在任何一點有關林育正的什麼事上……若他還勉強有一點點力氣，他好想回家找出那把吉他，晚上扛著它走進演講場所，輕撫一下琴弦，說，哈囉，我叫趙傳，我很醜，可是我很溫柔，隨即唱起來，所獲得的歡聲掌聲也許也許，也許會是一樣的吧……，他曾因為要寫一篇談青少年次文化的問題，悄悄當個觀眾去參加在校園裡舉辦的類似演唱會，當場驚訝原來也反應一致的是那麼多張引頸企盼發著快樂滿足喊聲的年輕的臉，他仍不免困惑，不知道臺下的那一整群人與聽他演講的是兩組完全不重疊不同的人，還是同一組人可以有不同的面向，還是同一個時代裡可以並存有好幾個時代的人，……那是個優美的世界，還有甚多領域尚未發展，你只要彎下身，就有寶物可撿……，是李維史陀懷念他出生的世紀末那個時代罷，他頓覺自己悽惶如一隻喪家的哀鳴的犬。

「談退報嘛，跟林育正立場不衝突，學生光聽黑幕就聽不完。」阿雲建議著。他想起他們尚在G報時，有次老老板的媳婦以示親密的帶他們到報社樓頂去，那裡正施工中，到處莫名其妙的矗立著些醜陋的角鋼架，老板媳婦介紹著，這裡將建造一座屋頂花園，是請了一位當紅的建築師規畫設計過的，隨即四處指著哪裡將植什麼，哪裡將是草坪。

他無法想像美麗的遠景，只被樓頂好冷的風刮得四肢麻木，阿雲却興趣盎然的四下走著頻頻驚呼，「太棒了太棒了！Terrific！」不是讚美老板媳婦的慧心巧手，就是誇讚——他忍不住眨眨眼，以為自己眼睛與阿雲果眞不同——此處的繁花似錦……，幾個月後，當她在一個雜誌社辦的小型對談中控訴報老板如何把社會公器當做與執政者交換利益的工具時，她自信滿滿的笑著舉個小例子做結，指出G報樓頂那座仿蘇州庭園的中國塔就是標準的超級大違建，「Terrific……」這回是他驚呼著。

但是起碼，這是一個象徵直接民主、值得思考的議題吧……他退守的想著他所發起的退報運動。他曾經和一些勉強被他說服的親朋好友們採取過直接打電話到總社的退報行動（其實他知道這些個人中有些是因爲報紙增張後根本看不完，或其中一家因玩股票以退報改訂爲財星日報，另一家雖退了，但改訂較便宜、張數較少、却屬同報系的晚報），實際行動的效果他尚未驗收，發覺自己不自覺的在喝咖啡時、用餐時、等阿雲、或買煙時順手，順手買份報，簡直無法過沒有報紙的生活，才發現自己原來處在一個非常小的圈子——縱然這個圈子裡爆滿著可信不可信的內幕小道消息一大堆，各路精英們預測或操作著各種趨勢，彼此見面時像螞蟻似的匆忙互相摩挲著觸鬚交換有用沒用的資訊——但其實沒看報紙，才發現圈外的世界如此之大，有一群大他們千百倍「存在即眞理」的頑固而眞實存在的人們，他們所製造的事情之多、之不可思議，絕不下於他們這個小圈子，因此與他們的斷絕聯繫（天啊竟然是靠報紙！）完全不知道之外的世界在發生什麼事，凡事因此慢了好多拍似的他完全提不出任何見解或主張，很恐懼的發現自己長期以來對它的依賴，更恐懼自己原來竟也是他長期以來所批判的那些對象。

……現實的墮落確實不是他這種身分的人所須負責的，但若自己也變成現實墮落的病例——並非出於道德的檢驗——豈不是失去了批判者的資格，不，最重要的是、失去了力量，當自己都無法變成現實裡的例外時，起碼像馮生，儘管他身體力行的種種作爲在他看來沒有一個是結構性的改造工作，但或許他那數十年如一日不竭的力量就是如此來的吧——既會有自己一個例外，難保不會有更多的例外——，這種對未來的不絕望才能支撐他在全島房地產已經飈到信義計劃區一億元一幢如小時候玩大富翁遊戲時，他會地處荒隅的興味研究著自己親手搭蓋的陋室該以藤條的綑接取代易腐銹的鐵絲，他想起馮生在給他的最後一封信裡這樣認眞仔細且快樂的述說他的心得。

讀信的當時，他僅僅悲憫的想著過些時想些名目跟馮生要些稿，稿費從優的寄些錢去吧，哪怕也許他其實需要的並非是這個，但他所能想到的回應僅只有如此，起碼馮生可以買張好原版唱片，幾磅好咖啡豆，大量的布匹、讓他喜愛裁製的妻子替自己添置些衣服及寢具……，想到這些，第一次，他暗自納罕，第一次對馮生長期以來的作法及心境有些鬆動。

當晚，他無處可去的到早了演講會場，主辦的學生邀請他先到隔壁的教室休息，他很習慣的與他們勾肩搭背閑扯了一陣，嫻熟他們生活的踢一踢其中一名認識有兩三年的學生：「怎麼樣，你這陣子賺了多少？」說的是股票，他依稀記得阿雲提過在號子裡不止一次見過他，那學生一愣，隨即回踢他一脚，「要問該問×××，他才賺了一海票，我哪敢進場，媽的國民黨朝令夕改官商勾結！」把問題抛給不在場的×××，他見這學生說得氣憤，有些詫異他們這種他快要忘記了的潔癖，便笑笑改問他們即將來臨的校內選舉，立時，每一個人都變成政論記者似的做著種種的報導與分析，專業的用詞遣句，只會比他曾經的同業們要嫻熟且進步得多，他隨意的挿問了一句，那名不承認玩股票的同學搶著回答：「所以啊，我們要充分利用他們區黨部和公職系統間的矛盾，就跟民進黨目前一樣，公職系統瞧不起區黨部，認爲他們沒有民意基礎，區黨部的也不甘心自己去抬轎子做吃力不討好的輔選工作。」

另一名男生隨即補充些前陣子二派系鬥爭時出的一些內幕消息，「你知道，他竟然遷怒到我們這些不相干的人，本來我們宿舍訂的報紙雜誌歸他管，他都扣著不給別人看，簡直莫名其妙！」

他也覺得莫名其妙的忍不住笑起來，有名一直想開口的小男生突然破口責怪：「所有問題都化約成黨國機器的大名目，我們知識分子要置自己於何地，不是等於承認根本沒有我們可以思考和操作的空間，我不能接受這種不戰而降。」

他想這人一定是大一的，果然他馬上被那名不承認玩股票的環住肩頭制止安撫，邊向他解釋：「大一的，還沒吃過苦頭，」隨即轉頭認眞問那小大一的：「你幹嘛那你贊成體制內的改革!?你太天眞了，你這才叫對敵人不戰而降。」

「拜託，停止這種無效對話，不要模糊了我們的抗爭焦點！」一名不知道什麼時候進來的女孩在角落輕聲喊道，他循聲回頭看去，頓被她並不多見的年輕與美麗吸引得忍不住多望了兩眼，那女孩收攏了原先略爲岔開坐著的兩條長腿，向他禮貌的說聲：「抱歉。」一股恍惚迷茫之感油然而生，他想起自己在演講中常喜歡引用的話：「絕對、絕對，別信任三十歲以上的人。」用英文說一次，再以中文，總效果極好的引來一片擊掌痛笑，從無例外，奇怪却沒有一次意識到過自己早不知幾年前就已是屬於自己口中所說的，竟有種頹放之感。

「時間差不多了罷，」他並未看錶，只想起身趕快改變眼前的一切，換一個場所，換一群不一樣、或許一樣、只是更多的臉，不然他可能不再有任何力氣去重複那些怎麼此時此刻顯得如此難收攏難振臂高呼的話語。

那女孩攔在他跟前，解釋著：「因爲今天體育館有一家唱片公司在辦校園演唱會，我們擔心人會被分走很多，想遲個五分十分開始，你了解，國民黨鼓勵大學生逸樂取向的一貫作法、現在和民間商業力量結合得簡直如虎添翼，沒想到這竟是我們目前做運動最艱難的抗爭點。」

他向那女孩柔和的笑笑，逕朝演講場所走去，春天黑夜的校園，夜霧潮溼，永遠不會改變的總予他一種青春但寂寥的感覺，他踏進教室前，腦裡電光石火的一閃，「我們的理念是實踐」，終於想起是日前在芳鄰餐廳與什麼人喝咖啡時看見的收銀臺後黃銅牌上的字句，很奇異的在這刻想起，因此，他毫不考慮的站定講桌後，脫口而出：「各位同學，我們的理念是，實踐！」

臺下根本不見少的同學發出轟然的歡呼聲，他習慣性英雄似的高舉雙臂作V狀，引用布希競選總統時的名言，一字一句：「Read my lips……」全場寂然。

他射精似的吐出話：「我存在，因爲我反對，」全場又潮水似的發出快樂滿足的喊笑聲，如同阿雲獲得高潮之時，良久良久……

發表索引

篇名	發表時間	發表刊物
淡水最後列車	一九八四年十二月六、七日	聯合報副刊
我記得…	一九八七年六月廿～廿一日	聯合報副刊
十日談	一九八八年二月十四～十六日	中國時報人間副刊
去年在馬倫巴	一九八九年一月五～七日	中國時報人間副刊
鶴妻	一九八九年二月廿三、廿四日	聯合報副刊
新黨十九日	一九八八年一月廿二～廿六日	自立早報副刊
佛滅	一九八九年六月廿九～七月三日	中國時報人間副刊

[illegible]

78. 8. 15.